W0336935

Elster & Salis WIEN

Gábor Fónyad

WAS NOCH KOMMT

ROMAN

KULTUR NIEDERÖSTERREICH

Stadt Wien | Kultur

Gábor Fónyad
WAS NOCH KOMMT

VERLAG Elster & Salis GmbH, Wien
office@elstersaliswien.com
www.elstersaliswien.com

LEKTORAT Anja Linhart
SCHLUSSREDAKTION Senta Wagner
GESTALTUNG Michael Balgavy, DWTC
SATZ Birgit Seese, vierpunkt
DRUCK CPI Books GmbH, Leck

1. Auflage 2024
© 2024, Elster & Salis Verlag GmbH, Wien
Alle Rechte vorbehalten

ISBN 978-3-9505435-5-1

Für Elisabeth, Caroline und Gabriel

TEIL EINS

NOCH 12 TAGE

„Immer du mit deinem England, das haben wir jetzt davon“, fuhr mich Sarah an, während wir versuchten, so schnell wie möglich zusammenzupacken und die Flucht Richtung Parkplatz zu ergreifen. „Wegen dir sind jetzt alle klatschnass. Schau dir nur die Kinder an! Das ist also deine Vorstellung von einem Familienurlaub am Strand?“ Mona und Stefan sagten nichts, sondern stopften die Handtücher, Kleidungsstücke und das Spielzeug wahllos in die Taschen, ohne darauf zu achten, was wem gehörte, aber ihr Schweigen ließ wenig Zweifel daran, dass sie auf Sarahs Seite standen. Der dreijährige Sohn der beiden hielt sich an Monas Strandrock fest und suchte Schutz zwischen ihren Beinen, wodurch er sie immer wieder zum Straucheln brachte.

„Außer dir wollte niemand herkommen“, setzte Sarah fort.

„Also den Kindern hat es doch ganz gut gefallen“, wandte ich ein.

„Wieso weint dann Jakob so kläglich?“

„Wenn wir jetzt in Jesolo bei vierzig Grad im Schatten wären, würde er auch weinen. Er hasst Hitze. Außerdem weint er, weil er noch bleiben will und weil er es nicht mag, wenn wir uns streiten. Er ist eben sensibel.“

„Hast du ihn gewickelt?“, fragte Sarah, immer noch angriffslustig.

„Wann denn? Jetzt ist es auch schon egal. Wir ziehen ihn im Auto um.“

Jakob saß in einer Pfütze, die sich innerhalb kürzester Zeit in einer Mulde im Sand gebildet hatte, und klammerte sich an seine Schaufel. Seine Windel sog sich immer mehr mit Wasser voll. Die Schwimmwindeln waren uns ausgegangen und wir hatten vergessen, neue zu kaufen. Jakob war gerade einmal zwei Jahre alt.

„Aber ich will noch ein Eis, ich will noch ein Eis! Du hast versprochen, dass ich noch ein Eis bekomme!“, mischte sich Emma, unsere fünfjährige Tochter, ein.

„Siehst du hier irgendwo ein Eisgeschäft?“, entgegnete Sarah. „Frag Papa, ob es in England überhaupt Eis gibt.“

„Jetzt fahr die Kleine doch nicht so an …“

Das war einmal zu oft „Eis“ gesagt. Theo, Monas und Stefans Sohn, erkannte das Stichwort für seinen Einsatz und stimmte in Emmas Parole ein. „Ich will ein Eis! Aber jetzt sofort und gleich!“ Das konnte er mit seinen drei Jahren bereits einwandfrei sagen.

„Theo, das geht jetzt nicht“, sagte Mona und nahm ihn an der Hand.

Stefan hängte sich so viele Taschen um, wie ihm nur möglich war, und stapfte los in Richtung Auto. Ich hätte mich gerne ebenfalls aus der Verantwortung gezogen, aber Sarah überreichte mir Jakob, auf dem überall Sand klebte und der nun losschrie, weil er unbedingt zu seiner Mama wollte, der kleine Verräter. Als ich ihn fester an mich drückte und ihm gut zuredete, presste ich das Wasser – ich redete mir ein, dass es nur Wasser war – aus seiner Windel auf mein neues Sex-Pistols-Shirt, das ich noch gestern in London gekauft hatte und von dem Sarah meinte, dass ich zu alt dafür sei. Die Windel war viel zu locker zugemacht. Sarah hatte ihn als Letzte gewickelt, sie machte das immer so.

Als wir wenig später zurück in unserem Ferienhaus in Amberley waren, westlich von Brighton, und alle wieder trockene Kleidung anhatten, war der Zwischenfall am Strand, der zum abrupten Abbruch unseres Tagesausflugs geführt hatte, vergessen. Nur Emma und Theo starteten noch einige Versuche und forderten ihr Eis ein, aber nachdem Sarah ihnen eine Packung Schokoladenkekse überlassen hatte, waren sie damit fürs Erste zufriedengestellt. Ich war zwar grundsätzlich dagegen, Kinder mit Süßigkeiten zu bestechen, aber in diesem Augenblick war ich froh über den wiederhergestellten Frieden. Sarah war auch wieder versöhnt, sie mochte das Ferienhaus, das immerhin ich ausgesucht und gebucht hatte, der Stil und die Einrichtung entsprachen genau ihrem Geschmack, und jetzt machte sie es sich mit einer Decke und einem Bildband über Gartengestaltung auf der Couch im Wohnbereich bequem. Außerdem waren es Bio-Dinkel-Kekse, sagte ich mir. Mir war es wichtig, dass Emma und Jakob nicht zu viel naschten, was Sarah für pedantisch und verkrampft hielt, sie war der Ansicht, es führe in der Pubertät erst recht zu einer Fresssucht, wenn es jetzt so tabuisiert werde. Insgeheim ahnte ich, dass sie Recht hatte, denn während ich meine Kinder mit allen Mitteln daran zu hindern trachtete, dass sie Süßigkeiten zu sich nahmen, stahl ich selbst heimlich Schokolade aus dem Vorrat, den Sarah, gegen meinen Willen, bei uns zu Hause in dem Fach oberhalb des Kühlschranks angelegt hatte. Zu Weihnachten aß ich mitunter schon vor der Bescherung die Schokoschirmchen vom Baum. Wenn Sarah mich dabei erwischte, erklärte ich, das gehöre eben zu den wenigen

Vorteilen des Erwachsenenlebens, das schließlich nicht nur aus Schlafmangel, Geldverdienen und Wäscheaufhängen bestehen könne.

„Meinetwegen. Dann sollen sie eben vor dem Abendessen naschen", gab ich nachträglich meine Zustimmung, als die Kekspackung bereits bis auf einige Brösel geleert war. Das war mir immer noch lieber, als sie am Tablet Videos schauen zu lassen, wie es Stefan vorgeschlagen hatte.

Aber kannten wir wirklich kein anderes Erziehungsmittel, als sie mit Belohnungen so zu manipulieren, dass sie sich unserem Wunsch entsprechend verhielten? Mit befreundeten Eltern erörterten wir immer wieder die Frage, ob es denn vertretbar sei, Kinder zu bestechen oder ihnen zu drohen, zum Beispiel damit, dass das Christkind keine Geschenke bringen oder dass man das neue Fahrrad weiterschenken würde, wenn sie sich nicht benahmen. Dabei war ich ja keineswegs unschuldig, denn auch ich erkaufte mir regelmäßig eine halbe Stunde Zeit, die ich, wenn auch mit einem schlechten Gewissen, zum Kaffeetrinken oder Lesen nutzte, allerdings hatte ich eine andere Währung: Die Kinder durften in der Zwischenzeit das Wohnzimmer auf den Kopf stellen, die Couch als Trampolin nutzen, das Papier aus dem Drucker zum Malen verwenden und die schönen Porzellantassen von Sarahs Oma als Puppengeschirr verwenden, unter der einen Bedingung, dass sie nicht zu laut schrien und Meinungsverschiedenheiten unter sich lösten, möglichst ohne körperliche Gewalt anzuwenden. Einmal ließ ich sogar Jakob, der damals vielleicht zehn Monate alt war, mein Puzzle zerstören, an dem ich die letzten acht Wochen gearbeitet hatte und das ich am Abend zuvor in Sicherheit zu bringen vergessen hatte. Erst als er ein Puzzlestück in seinem Mund zu einer breiigen Substanz aufgeweicht hatte, die er nun hinunterzuschlingen sich anschickte, griff ich ein und ihm in den Rachen, woraufhin er erst recht zu würgen und zu krächzen begann, um schließlich, als ich das Puzzlestück, oder was davon übrig war, in der Hand hielt, loszubrüllen, sodass Sarah hereingestürmt kam, mir Jakob entriss und mich anfuhr, ob das meine Art sei, auf unsere Kinder aufzupassen. Emma wollte auch mitreden und umtanzte uns johlend: „Du bist schuld! Du bist schuld!“

Um uns Diskussionen zu ersparen, die zu nichts führten, beschlossen wir kurzerhand, Spaghetti zu Abend zu essen. Einmal Spaghetti mit Tomatensauce für Emma und Jakob und einmal Spaghetti ohne Tomatensauce für Theo, der, sobald das Wort „Abendessen“ gefallen war, skandierte: „Enghetti ohne mit Rot! Enghetti ohne mit Rot!“. Die Pommes Frites ließen wir diesmal aus und hofften, dass uns Emma daraus nicht einen Strick drehen würde, indem sie ihrerseits ihr Recht einforderte: „Ich will Spaghetti mit Pommes! Ich will Spaghetti mit Pommes! Ihr seid so, so, so gemeine Eltern!“ Doch so weit kam es Gott sei Dank nicht. Außerdem würden wir Pommes Frites in den nächsten zwei Wochen ohnehin noch oft genug essen, wir waren schließlich in England, das nicht nur die Heimat der Sex Pistols war, sondern auch die von Fish and Chips, was man leicht in Chips ohne Fisch umwandeln konnte.

Während Sarah die Tomatensauce zubereitete, deckten Mona und ich den Tisch. Stefan saß auf der Couch und gab vor, auf die Kinder aufzupassen, was jedoch überflüssig war, da sie sich gerade selbst beschäftigten, indem sie Bildbände aus den unteren Regalen der Reihe nach herauszogen und durchblätterten. Wir wollten vor dem Schlafengehen jede Art von Eskalation vermeiden, auch wenn das hieß, dass wir gewisse Kompromisse eingehen mussten, wie etwa jenen rund um die Spaghetti.

Am Tag zuvor nämlich hatten wir, während eines ersten Rundgangs durch das beschauliche Amberley, nicht nur einen kleinen Spielplatz entdeckt, sondern auch ein Pub. Durch dessen Anblick inspiriert, fassten wir einen Entschluss: Abends würden zwei von uns Erwachsenen miteinander ausgehen, während die anderen beiden im Haus blieben und die hoffentlich schlafenden Kinder bewachten. Den Anfang sollten Sarah und Mona machen, und zwar gleich heute. Diesen Heimaturlaub von der Front der Elternschaft wollten wir, sofern der Pilotversuch glückte, die folgenden Abende wiederholen, in jeweils anderer Besetzung.

Es war unsere erste Flugreise als Familie. Bis jetzt hatten Sarah und ich uns mit den Kindern über österreichische Seen und einen Kurzurlaub in Kroatien nicht hinausgewagt. England war dann tatsächlich meine Idee gewesen. Als Student hatte ich ein Jahr der Freiheit in Brighton verbracht, das erfüllt war von Leben, Lesen und nicht zuletzt Lieben, und seitdem hegte ich den Wunsch, eines Tages an diesen Ort zurückzukehren. Dass ich in meiner nunmehrigen Rolle als bald vierzigjähriger Vater von zwei kleinen Kindern hier nicht das finden würde, was mich als Zweiundzwanzigjährigen berauscht und beflügelt hatte, war mir durchaus bewusst. Aber dennoch hoffte ich, zumindest ein bisschen etwas von dem damaligen Lebensgefühl tanken zu können – von dem Selbstverständnis, dass man noch alle Wege einschlagen konnte, nach denen es einen gelüstete, und diese ohne Konsequenzen auch wieder verlassen durfte, dass keine Entscheidung, die man traf, wirklich verbindlich war, und dass das meiste noch vor einem lag.

Als ich Mona in einem unserer Chats von unseren Urlaubsplänen erzählte und ihr von Südengland vorschwärmte, äußerte sie sofort den Wunsch, sich uns mit ihrer Familie anzuschließen. Das werde doch sicher lustig, wenn wir alle gemeinsam Urlaub machten, die Kinder könnten miteinander spielen und wir Eltern hätten andere Erwachsene außer der eigenen Frau und dem eigenen Mann als Gesprächspartner. Stefan stimmte Mona sofort zu. Und schließlich schaffte ich es nach einigen Versuchen, auch Sarah zu überzeugen.

Allein, Erwachsenengespräche kamen kaum zustande. Wir hatten nicht bedacht, dass drei Kinder rhetorisch vier Erwachsenen überlegen waren, nicht nur, was die Lautstärke betraf, sondern noch viel mehr die Quantität der aneinandergereihten Wörter und Sätze. Das Tischgespräch beim Abendessen drehte sich ausschließlich um die Frage, ob in der Tomatensauce Gemüse versteckt sei oder nicht. Nein, die Sauce sei ja eindeutig rot, da gebe es keinen einzigen grünen Anteil, beteuerte ich, Emma stocherte allerdings skeptisch zwischen den Nudeln herum, entdeckte eine einsame

Oregano-Flocke und stellte Sarah zur Rede, die mit einer schnellen Bewegung ihrer Gabel den Fremdkörper entfernte und dann nachfragte, wo denn das Grüne sei, sie sehe nichts, doch, da sei gerade etwas gewesen, meinte Emma, nun schon etwas verunsichert, ganz sicher ... na gut, dann esse sie eben die Spaghetti, wir seien total gemeine Eltern. „Ja! So mein! So mein!“, jubelte Jakob zustimmend.

Während des Abräumens hätten wir uns gegenüber den Kindern, vor denen wir unsere Abmachung geheim halten wollten, fast verraten, als Stefan Mona und Sarah fragte: „Nehmt ihr einen Schlüssel mit?“

„Wieso nehmt ihr einen Schlüssel mit?“, fragte Emma sofort. „Wofür braucht ihr einen Schlüssel?“

„Ich muss noch etwas aus dem Auto holen“, entgegnete Sarah souverän, ohne eine Sekunde zu zögern, „ich nehme den Schlüssel mit, damit ich nicht läuten muss, wenn ich wieder ins Haus komme.“

„Ach so.“

„Sonst müsste ich ja läuten.“

„Stimmt.“

Später am Abend, während Sarah noch damit beschäftigt war, Emma niederzulegen, die immer länger brauchte als Jakob, für den ich zuständig war und der sich mit der immergleichen Geschichte und dem immergleichen Schlaflied zufriedengab, ging ich am Badezimmer vorbei. Die Tür war einen Spalt offen, jemand duschte. Ich blieb stehen, vor der Treppe, die ins Erdgeschoß führte, sodass ich von unten nicht gesehen werden konnte. Ich hörte, wie das Wasser an einem Körper hinablief und von dort mit einem klopfenden Geräusch auf den Wannenboden fiel. Das Wasser wurde abgedreht und dann wieder angestellt. Der Körper war wohl gerade eingeseift worden. Vorsichtig spähte ich durch den Spalt hindurch, aber es war nichts zu erkennen, die Dusche befand sich außerhalb meines Sichtfeldes. Es musste Mona sein. Theo schlief bereits und ich nahm an, dass sie sich vor dem Ausgehen frisch machte. Dass die Badezimmertür nicht abgesperrt war, verwunderte mich nicht, da die Kinder ein- und ausgingen, während die Eltern im Bad waren. Gut, die Tür hätte Mona immerhin zumachen können. – War Stefan bei ihr? Nein, es stand eindeutig nur eine Person unter der Dusche. Das Wasser wurde abgedreht, die Duschtür geöffnet. Jetzt waren so gut wie keine Geräusche zu hören. Was, wenn ich einfach hineingehen würde, den Ahnungslosen spielend? Immerhin, die Tür war offen, es war kein Wasser zu hören, es bestand also durchaus die Berechtigung zur Annahme, dass das Badezimmer frei war. Aber ich wusste nicht, wie ich reagieren sollte, wenn ich dann Mona gegenüberstand. Wahrscheinlich würde ich viel mehr in Verlegenheit sein als sie, sie würde vielleicht grüßen, als sei nichts gewesen, und nach einem Handtuch greifen. Jetzt trocknete sie sich gerade ab. Ich stellte mir vor, dass sie sich nun anzog. Wenn ich jetzt eintrat, wäre es nur halb so peinlich. Wenn sie zumindest bereits Unterwäsche anhätte, könnte ich auch einfach Hände waschen oder eine andere Alibitätigkeit ausführen. Am Strand am Vormittag war es ja nichts anderes gewesen, da hatten wir im Grunde auch nur Unterwäsche an. Wir waren schließlich erwachsen und keine pubertierenden Teenager.

„Du kannst hineingehen, das stört ihn sicher nicht“, hörte ich auf einmal hinter mir. „Er macht sich hübsch für den Abend mit dir.“ Mona zwinkerte mir im Vorbeigehen zu und stieg leise die Treppe hinunter. In dem Moment fiel mein Blick auf Stefans frisch geduschte Pobacken, zwischen denen Haare wuchsen, und auf seinen ebenfalls behaarten Rücken.

Es war kurz vor neun, als endlich auch Emma schlief und Sarah und Mona das Haus verließen. Stefan hatte das Babyphon auf der Küchenablage installiert, in Sicht- und Hörweite von der Sitzgruppe, die um den Kamin angeordnet war. Sarah und ich verwendeten schon lange kein Babyphon mehr, in Jakobs erstem Lebensjahr starteten wir zwar aus einer Art schlechtem Gewissen heraus einige Male den Versuch, eine Verbindung zwischen Gitterbett und Küche herzustellen, ließen es dann aber bald sein. Wenn meine Kinder wach wurden, hörte ich das auch so. Stefan nestelte immer wieder an seinem Gerät herum und versicherte sich, dass diese Silhouette auf dem Bildschirm wirklich sein Sohn war und nicht die gerollte Bettdecke.

Obwohl das Pub nicht weit war, nahmen Sarah und Mona das Auto, und zwar weniger aus Angst vor unliebsamen nächtlichen Begegnungen – wir befanden uns immerhin in einem friedlichen Städtchen in Südengland, das eher als Kulisse für einen Rosamunde-Pilcher-Film als für einen Thriller gedient hätte und dessen Bevölkerung sich vornehmlich aus pensionierten Städtern zusammensetzte –, sondern weil es keine Gehsteige gab und die Kurven aufgrund der hohen Steinmauern und der weit auf die Straße hineinragenden Erker kaum einzusehen waren. Denkbar war aber auch, dass Mona im Notfall schnell wieder zurück sein wollte. Für Sarah schloss ich diese Möglichkeit aus. Sie war froh, uns für ein paar Stunden vom Hals zu haben. Und dass der Abend in einer Alkoholorgie ausarten würde, war auch nicht anzunehmen, diese Zeiten waren vorbei, weshalb nichts dagegensprach, für die wenigen Meter das Auto zu nehmen, Umwelt hin oder her, außerdem kannte uns hier niemand. Dafür hatten wir für die Spaghetti-Sauce Bio-Tomaten aus der Konserve verwendet und fuhren zu Hause, wann immer es möglich war, mit dem Fahrrad.

Stefan und ich nahmen einander gegenüber Platz. Mir fiel auf, dass ich mich noch nie mit ihm allein unterhalten hatte, bis jetzt war immer zumindest Mona anwesend gewesen. Solche Gespräche unter vier Augen, die ausschließlich aufgrund äußerer Faktoren zustande kamen, fürchtete ich. Niemals hätten Stefan und ich uns in Wien auf ein Bier getroffen. Zuwider waren mir seit meiner Jugend ganz grundsätzlich sogenannte Männergespräche. Witze in der Umkleidekabine nach dem Fußball waren mir unangenehm – und zwar nicht aus einem der Prüderie geschuldeten Schamgefühl heraus, sondern weil ich mich in solchen Situationen für die Niveaulosigkeit des männlich-männlichen Humors zutiefst schämte und einige der Vorurteile, die Frauen gegenüber Männern hatten, bestätigt sah. („Für euch sind Frauen ja nur Sex-Objekte." „Ihr denkt immer nur an das eine." „Ihr könnt nicht von einem Bananensplit mit Schlagobers reden, ohne an etwas

Unanständiges zu denken.“) Jetzt, als mir Stefan gegenübersaß, befürchtete ich, dass entweder gar kein Gespräch zustande kommen würde oder, schlimmer noch, ein Umkleidekabinengespräch. Dass wir keine Zuhörer hatten, denen wir eine Unterhaltung vorgaukeln mussten, machte die Situation nicht besser. Sollten wir etwa über Fußball reden? Das war am Ende der größte gemeinsame Nenner. Musik schied aus, ich hatte einmal mitbekommen, dass er CDs von Modern Talking besaß und auf einem Konzert von Helene Fischer gewesen war. Wie konnte Mona mit so jemandem zusammen sein? Auf einmal fragte ich mich, wann sie wohl das letzte Mal Sex gehabt hatten. Dass das während dieses Urlaubs war, schloss ich aus. Sie teilten sich ja ein Zimmer zu dritt, im Gegensatz zu uns, die ein eigenes Kinderzimmer und ein Elternzimmer hatten. Was wir uns aber bis jetzt, wenig überraschend, auch nicht zunutze gemacht hatten. Auf der anderen Seite gab es ja auch noch den Wohnbereich, wo Stefan und ich gerade saßen, die Sitzgruppe, den flauschigen Teppichboden vor dem Kamin – nein, das wäre zu riskant , beruhigte ich mich schnell, das würde sich niemand trauen bei einem anderen Paar und gleich drei Kindern im Haus. Außerdem war Stefan sicherlich nicht der Typ für so etwas.

Stefan war erst später dazugekommen. Mona und ich hatten eine Zeitlang einen gemeinsamen Freundeskreis, in jenem Abschnitt im Leben irgendwann zwischen Studienbeginn und der zweiten Hälfte der Zwanziger, der den Übergang vom Studentenleben ins Erwachsenen- und Erwerbsleben darstellt, in die Bürgerlichkeit – ein Übergang, der naturgemäß fließend ist, ohne erkennbare Zäsur, und der den Betroffenen gewöhnlich erst im Nachhinein bewusst wird. Spätestens mit Heiraten und Kinderbekommen ist dieser Abschnitt auch formal abgeschlossen. Mona und ich hatten uns immer gut verstanden, aber es lief nie mehr zwischen uns, auch nicht in der Zeit, bevor ich Sarah kennengelernt hatte. Attraktiv fand ich sie zwar durchaus, jedoch nur so, wie ich eine schöne und intelligente Frau auf einer objektiven Ebene nun einmal wahrnahm. Einmal sagte ich zu ihr, im Lärm einer Disco, als wir schon beide betrunken waren: „Mona, unter Freunden: Du hast einen schönen Busen." Aber das war nicht anders gemeint, als wenn ich zu einem männlichen Freund gesagt hätte: „Du hast einen durchtrainierten Oberkörper." Mona verstand das auch genau so und entgegnete: „Oh danke, das ist aber nett von dir." Außerdem erprobte ich diesen Satz auch an anderen Freundinnen, die ähnlich gelassen reagierten. Doch schon bald verloren Mona und ich einander aus den Augen und hatten erst Ende zwanzig wieder Kontakt – damals war ich schon mit Sarah zusammen.

Zum ersten Mal begegneten wir Stefan ungefähr drei Jahre später. Sarah und ich trafen uns in unregelmäßigen Abständen mit Mona, teilweise waren noch ein paar gemeinsame Bekannte aus der Studienzeit dabei, aber immer öfter waren wir nur mehr zu dritt. Die meisten aus diesem losen Freundeskreis steckten bereits tief im Arbeitsleben und hatten einen festen Partner. Sarah unterrichtete an einem Gymnasium Deutsch und Geschichte und war Feuer und

Flamme für ihren Beruf, den sie nach wie vor ausübte, während ich mich um regelmäßige Aufträge als Übersetzer und Korrektor bemühte und halbherzig Deutschkurse in einer Sprachschule hielt. Die Abende, die zuvor noch Nächte gewesen waren bis zur ersten U-Bahn, beschränkten sich auf wenige Stunden bis spätestens zur letzten U-Bahn und ereigneten sich entweder am Freitag oder am Samstag, aber nicht mehr, wie früher, an beiden Tagen, und immer mehr von uns fühlten sich erschöpft von der Arbeitswoche, ausgelaugt, und zogen es vor, in der Behaglichkeit des eigenen Wohnzimmers einen Film zu schauen.

Das war aber auch die Zeit, in der Sarah und ich uns so nahe waren wie weder davor noch danach. Der Rausch der ersten Verliebtheit war verflogen, wir hatten nicht mehr den Druck, bei jeder Gelegenheit unsere Zuneigung unter Beweis stellen zu müssen und uns in Liebesbekundungen zu übertreffen. Wir saßen oft ganze Nachmittage im Kaffeehaus und lasen Zeitung oder arbeiteten, hielten, wenn es sich ergab, ungezwungen Händchen, manchmal streichelte ich über Sarahs Rücken und spielte kurz mit ihrem BH-Verschluss, den ich unter ihrem Oberteil ertastete. Abends schauten wir Serien, für die wir uns beide begeisterten und über die wir uns unterhielten, zuweilen waren wir auch unterschiedlicher Meinung, was aber erst recht für Gesprächsstoff sorgte. Kinder und Familienplanung lagen für uns damals noch in ferner Zukunft, aber wir zweifelten nie daran, dass wir das schaffen würden, wenn es mal so weit wäre, oder dass sich dadurch an unserem Verhältnis etwas ändern würde.

Stefans erster Auftritt fand im Anschluss an ein Geschäftsessen seiner Firma statt. Sarah und ich saßen mit Mona in einer Cocktailbar und wollten eigentlich schon nach Hause gehen, wir waren beide müde, aber auch neugierig auf Monas neuen Freund. Außerdem fühlten wir uns geschmeichelt, dass es ihr ein Anliegen war, ihn uns vorzustellen. Stefan erschien im dunkelgrauen Anzug, mit Krawatte, lackierten Schuhen und einer schwarzen Aktentasche. Als er sich auf den Barhocker setzte, rutschte der Hosensaum hoch und ließ die Beinhaare über den schwarzen Socken zum Vorschein kommen. Er fasste Mona auf den Oberschenkel, küsste sie auf den Mund und lockerte seine Krawatte. In dem Moment war ich mir nicht sicher, ob er overdressed war oder nicht doch wir underdressed. Wir waren Anfang dreißig und keine Studenten mehr, wir gingen nicht mehr in verrauchte Clubs mit wummernden Bässen und ohne Speisekarte, sondern in Lokale mit gedimmtem Licht und Hintergrundmusik, wo wir uns unterhalten und auch eine Kleinigkeit essen konnten. Gleichzeitig aber waren wir noch nicht ganz in der Welt der Erwachsenen angekommen, wenn wir wollten, würden wir wieder bis zur ersten U-Bahn durchfeiern, wenn wir wollten, könnten wir uns nach einem neuen Job umsehen oder ins Ausland ziehen, es war noch alles möglich, da waren wir uns sicher.

Stefan stieß also am Ende dieser Phase dazu, als nur mehr die letzten Nachbeben von ihr zu spüren waren, wie ein Gast, der um fünf Uhr früh auf einer Party aufkreuzt, viel zu spät, um noch Spaß zu haben, den Höhepunkt hat er längst verpasst, und der den anbrechenden nächsten Tag ankündigt. Stefan war für Mona der Mann, mit dem sie eine Eigentumswohnung oder sogar ein Haus kaufen und der der Vater ihrer Kinder werden würde. Er holte sie von der Party ab, auf der ohnehin schon alle wieder ausgenüchtert waren und nur mehr ein Typ einsam mit einer Weinflasche im Wohnzimmer tanzte, half ihr in die Jacke und brachte sie mit dem Auto sicher nach Hause.

Aber was gefiel Mona an Stefan? Rückblickend betrachtet war mir das ein Rätsel. Damals, sozusagen mit dem Kater am Morgen danach, war ich weniger verblüfft, ich erklärte es mir damit, dass nicht nur Stefans Altersvorsprung, sondern auch die Tatsache, dass er in der Berufswelt sichtlich Fuß gefasst hatte, eine gewisse Anziehungskraft auf Mona ausübte. Allerdings beschäftigte mich das zu dem Zeitpunkt kaum, meine ganze Aufmerksamkeit für das andere Geschlecht galt damals noch Sarah.

Jetzt saß ich Stefan in unserem Ferienhaus in Amberley gegenüber. Wie verschieden er und Mona waren, wurde mir jetzt, da ich beide seit einigen Tagen als Paar beobachten konnte, so richtig bewusst.

Er trug eine dunkelblaue Freizeithose und ein rosa Poloshirt, unter dem sich sein Bauch wölbte. Ich fragte mich, ob man meinen Bauch auch schon so stark sah. Über seinen Schläfen wich sein Haaransatz zurück, schwarze und graue Haare hielten sich die Waage. Was das betraf, war er mir verfallstechnisch überlegen. Sein Altersvorsprung hatte sich zumindest diesbezüglich in einen kleinen Vorteil für mich verwandelt. Er musste Mitte vierzig sein. Die Haare, die ihm auf dem Kopf fehlten, kompensierte er durch einen dichten Haarwuchs auf seinem Rücken und auch auf seinem Hintern, wie ich seit heute Abend wusste.

Stefan stand auf, ging vor dem Kamin in die Hocke und schien etwas, das ich nicht sah, zu untersuchen. „An der Hinterseite des Hauses ist Brennholz gestapelt", meinte er.

Das war mir nicht aufgefallen. „Zum Glück ist Sommer, und so kalt wird es nicht einmal in England, dass wir heizen müssten", sagte ich.

„So ein offener Kamin wird bei uns gar nicht so ohne Weiteres genehmigt", sinnierte er, ohne auf meinen Einwand einzugehen. Er begann nun darüber zu rätseln, wie der Kamin funktionierte, und erläuterte technische Details, die mich nicht interessierten.

Wir brauchten kein Feuer. Bevor ich mich mit der Funktionsweise eines Kamins beschäftigt hätte, hätte ich mir einen warmen Pullover angezogen. Für mich bestand Heizen darin, den Heizkörper im Wohnzimmer aufzudrehen.

„Willst du jetzt wirklich Feuer machen?", fragte ich. Wir waren immerhin keine Höhlenmenschen.

Stefan war mittlerweile auf dem weichen Teppich auf die Knie gegangen, steckte seinen Kopf in den Kamin und schaute sich dort um, wie andere Menschen im Kühlschrank nach der Butter suchten.

„Wir sind ja nicht schwul …", bemerkte er. Ich nahm an, dass er sich im Scherzen versuchte, und wurde bestätigt, als er in den Kamin hineinkicherte. Wahrscheinlich ließ er Theo auch nicht mit Puppen spielen, aus Angst, er könnte homosexuell werden.

„Mein Vater hat mir das Haus meiner Großeltern überschrieben", sagte er nun, „das werden wir demnächst renovieren."

„Das wusste ich gar nicht."

„Ja. Jetzt, wo ich eine Familie gründe und bevor das zweite Kind kommt, ist es an der Zeit, uns nach etwas Größerem umzusehen."

„Mona ist schwanger?" Das interessierte mich mehr als das Haus.

„Nein, nein. Noch nicht. Da werden wir bald eine richtige Baustelle haben."

„Du meinst jetzt das Haus deiner Großeltern?"

„Genau." Er strahlte, als er davon sprach. „Und da kommt ein Kamin hinein. Ein Haus ohne Kamin, das geht einfach nicht."

Er erklärte mir, wie er seinen Kamin – er sagte: „seinen", obwohl er genauso Mona gehören würde – eigenhändig aufstellen und anschließen würde, denn dafür brauche er keinen Fachmann, überhaupt wolle er bei den Renovierungsarbeiten so viel wie möglich selbst machen, er sei ja schließlich der Bauherr. Dann erläuterte er mir im Detail, was man bei der Anschaffung beachten müsse und inwiefern sich dieser offene Kamin hier, vor dem er immer noch andächtig kniete, von „seinem" unterschied. Ich hätte Lust gehabt, ihm im Detail zu erläutern, wie ich in unserer Mietwohnung zum Heizkörper ging, zu meinem, mich zum Drehknopf bückte und ihn in die eine oder in die andere Richtung drehte, je nachdem, ob mir zu warm oder zu kalt war. Doch Stefan merkte nicht, dass ich nicht das geringste

Interesse für die unterschiedlichen Ofenarten, die es derzeit auf dem Markt gab, hatte, er redete einfach immer weiter. Ich kam mir vor wie ein Vegetarier beim Fleischhauer.

Früher noch hatten Sarah und ich uns manchmal gemeinsam über Stefan lustig gemacht. Aber im Grunde konnten wir ihm nichts vorhalten, er war wohl eine gute Partie für Mona. Immerhin, er konnte Feuer machen, wenn der Strom ausfiel. Damit konnte ich Sarah nicht dienen. Über Stefan amüsierte sie sich schon länger nicht mehr, vielmehr sprach sie inzwischen immer öfter anerkennend, geradezu neidisch von seinen handwerklichen Fähigkeiten.

Während Stefan mit seinem Oberkörper immer tiefer im Kamin verschwand und dort seine Überlegungen fortsetzte, hing ich meinen eigenen Gedanken nach. Als ich vorhin insgeheim gehofft hatte, Mona beim Duschen zu ertappen – was hatte ich mir eigentlich davon erwartet? Ich hatte mir vor einiger Zeit eine These zurechtgelegt, die dieser Vorfall zu bestätigen schien. Zwischen Männern und Frauen bestand – zumindest, wenn man heterosexuell war, aber ich konnte nur darüber urteilen – ganz grundsätzlich eine gewisse erotische Anziehung, die rein physischer Natur war, sozusagen ein Relikt aus der Evolutionsgeschichte. Zuweilen war diese Anziehung auch so schwach, dass sie unter der Wahrnehmungsschwelle blieb. Gewisse Umstände sorgten dafür, dass diese erotische Grundstimmung stärker oder schwächer ausgeprägt war: Der Altersabstand durfte nicht mehr als fünfzehn, höchstens zwanzig Jahre betragen (in beide Richtungen), Gemütslage, Gesprächsverlauf und die jeweilige Stimmung spielten ebenso eine Rolle. Und natürlich gab es Gegenüber, bei denen trotz Vorhandensein sämtlicher Faktoren einfach kein Sensor aktiviert wurde. Ich hatte schon Frauen getroffen, die rein oberflächlich betrachtet so vollkommen waren, dass sie ohne Weiteres die Hauptrolle in einem amerikanischen Liebesfilm hätten spielen können, und die dennoch nicht die geringste Regung in mir auslösten. Ein weiterer Faktor lautete: Man musste sich das Gegenüber prinzipiell beim Geschlechtsverkehr vorstellen können, unabhängig davon, ob man selbst involviert war. Dann wieder gab es Begegnungen, bei denen sich diese Spannung erst im Laufe des Gesprächs aufzubauen begann, entgegen dem ersten, neutralen oder sogar enttäuschenden Eindruck. Die Intelligenz des Gegenübers strahlte sozusagen als innere Schönheit nach außen. Es war auf jeden Fall nichts, was man hätte berechnen und vorhersagen können. Dennoch bedeutete das nicht automatisch, wenn es sich um eine Frau handelte, mit ihr schlafen zu wollen. Es war alles sehr komplex. Sarah hätte das nicht verstanden, nicht verstehen wollen, sie hätte wahrscheinlich gedacht, ich würde wirklich an einem Plan feilen, mit einer anderen Frau im Bett zu landen. Deswegen erzählte ich ihr auch nichts von meiner Theorie. Mona würde sie wahrscheinlich verstehen.

Ich ging sogar vorsichtig davon aus, dass sich diese These auf das gleiche Geschlecht ausweiten ließ, ohne dass man automatisch homosexuell war. Ich nahm ja einen Mann, auf den die genannten Faktoren zutrafen, auch körperlich wahr. Das konnte auch unangenehm sein, bedrängend. Es gab Männer, die mit ihrem Körper und mit ihrer Stimme Raum ergriffen, durch einen aufdringlich festen Händedruck oder durch Schwitzen und einen dominanten Körpergeruch. Dann gab es aber auch solche, in deren Nähe man sich wohl fühlte. Die man sich beim Sex vorstellen konnte, ohne dass einem bei diesem Gedanken unbehaglich wurde.

Auf einmal zog Stefan seinen Kopf aus dem Kamin, richtete sich auf und fragte: „Sollten wir nicht nach den Kindern sehen?" Er nahm das Babyphon in die Hand und betrachtete den kleinen Bildschirm ganz genau. „Man sieht und hört ja nichts."

„Das ist auch der Sinn der Sache. Theo schläft", sagte ich.

„Ich schaue trotzdem in sein Zimmer."

„Ich würde das lassen."

„Warum?"

„Du könntest ihn aufwecken. Und dann schläft er nicht mehr."

Fürs Erste gab er sich damit zufrieden. Nach einer Weile aber sagte er: „Ich werde doch einmal hinaufschauen."

Theo war nicht wach. Zum Glück weckte ihn Stefan auch nicht auf, indem er nachschaute, ob er wach war. Als er mir gegenüber wieder Platz nahm, wirkte er erschöpft und zugleich erleichtert.

Vielleicht war das ungerecht von mir – aber ich konnte mir nicht vorstellen, was er gemacht hätte, wenn Theo aufgewacht wäre und losgebrüllt hätte. Wenn natürlich auch mir lieber war, Emma und Jakob wachten nicht auf, denn Garantie gab es keine, dass ich sie wieder beruhigen konnte, ehe Mona und Sarah zurück waren.

„Ich bewundere das schon, wenn man daheim beim Kind bleibt, ich meine, als Mann ...", sagte er nach einer Weile. „Ich könnte das nicht."

„Das ist nicht so schwer. Ich wäre während meines Karenzjahres ohnehin viel zu Hause gewesen, weil ich ja zum Großteil vom Wohnzimmer aus arbeite", fügte ich hinzu – und bereute es gleich, dass ich meine Väterkarenz relativierte.

„Ich bin da wahrscheinlich altmodischer, aber ich finde, eine Frau kann sowas einfach besser." Als müsste er diesen Glaubenssatz irgendwie bekräftigen, ging er wieder zum Kamin und brachte das Schutzgitter in die ursprüngliche Position.

„Stillen kann sie schon besser, das stimmt, aber der Rest ... Theo wird ja ohnehin nicht mehr gestillt, oder?"

Er verneinte.

Einen Moment ärgerte ich mich, weil ich befürchtete, dass sich mir ein Bild von der stillenden Mona aufdrängen würde, gleichzeitig fiel mir die Badezimmerszene von vorhin ein.

„Aber hast du auch dieses – Tuch verwendet?", wollte Stefan wissen. „Wo man sich das Baby um den Bauch bindet? Wie ein Känguru oder die Frauen in einem Dritte-Welt-Land?"

„Natürlich, das war praktisch, so hatte ich beide Hände frei, fürs Kochen, fürs Arbeiten auf dem Laptop. Das beruhigt die Babys. Sie wollen einen spüren und sichergehen, dass das Rudel sie nicht zurückgelassen hat."

Stefan war das sichtlich unangenehm. Er wollte allem Anschein nach nicht mit einem Mann über solche Dinge reden. So wie ich mich nicht mit Männern über Kamine oder Bohrmaschinen unterhalten wollte.

„Wenn man merkt, dass das Baby unruhig wird“, setzte ich fort, jetzt erst recht, „kann man im Stand hin- und herschaukeln, vor- und zurückwippen und dabei das Köpfchen streicheln.“

Er starrte in den Kamin.

„Und dabei kann man den Brei umrühren. Dann passt die Temperatur genau, wenn der Zwerg wieder wach ist. Bei euch war also durchgehend Mona daheim?“

Stefan schwieg.

„Sie hat das wunderbar gemacht“, sagte er schließlich. Aber das war eher eine Rechtfertigung als eine Antwort.

Er wusste wahrscheinlich nichts von den Chats, die Mona und ich führten, während wir beide zu Hause waren. Sie hatte sich nie beschwert, das passte nicht zu ihr, aber sie hätte bestimmt nichts einzuwenden gehabt, wenn Stefan sich mehr beteiligt hätte.

„Sie arbeitet ja auch hauptsächlich von zu Hause aus“, sagte ich, als läge es an mir, einen Grund dafür zu finden.

„Stimmt. Wie du.“

Wie ich.

„Sie kann es sich besser einteilen“, erklärte ich.

„Bei mir in der Arbeit würde das gar nicht gehen. Den Papamonat konnte ich nehmen, das wurde sogar erwartet von mir, glaube ich, aber mein Chef hätte schön geschaut, wenn ich gesagt hätte, ich will ein ganzes Jahr lang Windeln wechseln und Brei kochen.“

„Klar. Und was hast du in dem einen Monat gemacht?“

„Ich musste natürlich schon an dem einen oder anderen Meeting teilnehmen und wichtige Kunden betreuen. Wenn man mal weg ist, läuft nichts so, wie es sollte. Du weißt ja, wie das ist.“

Ich hatte keine Ahnung, wie das war.

„Aber ich habe auch im Haushalt alles Mögliche erledigt. Die Möbel fürs Kinderzimmer zusammengebaut. Einen Wärmestrahler über dem Wickeltisch montiert. Mona hat sich eingebildet, sowas müsse man unbedingt haben.“

„Kannst du eigentlich außer einem Spiegelei noch etwas anderes kochen?“, hätte ich ihn gerne gefragt.

Was wusste er schon von Mona? Ich war mir ziemlich sicher, dass ich sie besser kannte als er. Die Nachrichten, die Mona und ich uns seit gut zwei Jahren regelmäßig schrieben, während Stefan in seiner Arbeit unabkömmlich war, handelten selten vom Familienleben. Deswegen hatte mir Mona wahrscheinlich auch nicht erzählt, dass sie bald in ein Haus ziehen würden. Bei Gelegenheit würde ich sie darauf ansprechen. Dafür unterhielten wir uns über das, was uns abseits des Alltags beschäftigte – über die Bücher, die wir lasen, über Reisen, die wir machen wollten, über unsere Projekte, die wir beruflich verfolgten. Mona hatte Kunst studiert und war als Kunstvermittlerin für eine Kreativ-Agentur tätig. Sie war mit zwanzig Stunden angestellt, konnte sich die Arbeitszeit ziemlich flexibel einteilen und dabei das meiste von zu Hause aus erledigen, was sich gut fügte, da sie sich ja um Theo kümmern musste, während Stefan, selbstverständlich, Vollzeit arbeitete. Ich beneidete sie darum, dass sie ihr Geld in einem Bereich verdiente, auf den sie sich in ihrem Studium auch tatsächlich vorbereitet hatte, wohingegen ich mich nach einem Studium der Allgemeinen Sprachwissenschaft als Lektor, Korrektor und gelegentlicher Übersetzer für Deutsch und Englisch durchschlagen musste. Gemeinsam hatte ich mit Mona jedoch, dass wir uns beide oft spät am Abend, als die Kinder im Bett waren, an den Schreibtisch setzten und den Laptop aufklappten, während unser Partner bereits schlief. Nicht selten kam es dabei vor, dass wir uns bis nach Mitternacht in Chats miteinander verzettelten, statt unsere Arbeit zu erledigen. In den letzten Monaten waren wir uns dabei immer nähergekommen.

Ich fragte mich, worüber sich Mona und Sarah im Pub wohl gerade unterhielten. Redeten sie über uns? Über die Krisen der Gegenwart – von der Erderwärmung über die zunehmenden Kriege bis hin zu den immer größeren Spaltungen in der Gesellschaft? Besprachen sie, welche Kinderkleidung sie austauschen würden? Jakob könnte ja bald Kleidungsstücke von Theo übernehmen. Das sei typisch, hielt mir Sarah oft vor, dass ich als Mann nie auf die Idee kommen würde, den Kleiderschrank der Kinder auf dem neuesten Stand zu halten. Monas und Sarahs Interessen überschnitten sich kaum. Als wir früher öfters gemeinsam unterwegs gewesen waren, noch bevor Stefan Mona im Anzug von der Party abholte, verstanden sie sich zwar gut, aber ich konnte mich nicht erinnern, dass sie auch nur einmal ein längeres Gespräch miteinander geführt hätten. Zumindest hatte ich sie nie zu zweit gesehen, meistens war ich dabei gewesen oder wir waren in einer größeren Gruppe. Das Bindeglied zwischen den zwei Familien waren Mona und ich.

Mona würde schon nichts von unseren Chats erzählen. Außerdem war ja auch nichts geschehen, sagte ich mir. Es gab höchstens die eine oder andere zweideutige Anspielung, aber keinerlei Anzüglichkeiten oder direkte Annäherungen – im Gegensatz zu den Chats und den Treffen mit Maria im ersten Jahr nach Emmas Geburt, bei denen ich sehr viel weiter gegangen war, bei denen wir aufs Ganze gegangen wären, hätte ich nicht im letzten Moment die Reißleine gezogen.

Der Abend mit Stefan endete früh. Wie es auch nicht anders zu erwarten war, denn schon sehr bald hatten sich all unsere Gesprächsthemen erschöpft. Und so war ich noch vor zehn Uhr im Bett. Emma und Jakob schliefen im angrenzenden Zimmer, ab und zu gab Emma leise Geräusche von sich, wie sie das immer tat in der Nacht, eine Art Wimmern, das jedoch nichts Gequältes hatte. Sarah und Mona waren noch nicht zurück. Ich dachte über die Geschichte mit Maria vor vier Jahren nach. War es für mich damals nur darum gegangen, herauszufinden, ob ich noch einer anderen Frau gefallen könnte? Ob ich theoretisch die Möglichkeit hätte, einmal noch Sex mit jemand anderem als Sarah zu haben? Wenn meine Ehe, überlegte ich jetzt, in die Brüche gehen sollte: Würde ich dann bis ans Ende meines Lebens allein bleiben? Konnte ich das überhaupt noch: flirten?

Nach einiger Zeit hörte ich die Eingangstür aufgehen und wenig später kam Sarah ins Zimmer und legte sich ins Bett. Ich lag mit dem Rücken zu ihr und war unschlüssig, ob ich etwas sagen oder mich schlafend stellen sollte. „Max?“, flüsterte sie. Ich antwortete nicht. Sarah schien einen Moment lang abzuwarten, dann kuschelte sie sich von hinten an mich. Ihr Kinn legte sie in meinen Nacken, was sie schon lange nicht mehr getan hatte. Ihre Hand glitt langsam auf meinem Bauch abwärts, bog aber kurz vor meiner Pyjamahose ruckartig ab und kam auf meiner Hüfte zum Liegen. Ich war erleichtert.

NOCH 11 TAGE

Als wir am nächsten Tag nach Brighton fuhren, kam mir alles vertraut vor. Meine Stimmung hellte sich schlagartig auf, auch die anderen hatten den misslungenen Badeausflug vom Vortag vergessen. Wir fanden schnell einen Parkplatz, nicht weit vom Stadtzentrum entfernt, die Kinder bekamen ihr Eis und wir setzten uns mit einem Kaffee an eines der Tischchen, die auf dem Gehsteig neben der Straße und oberhalb der Strandpromenade aufgestellt waren und die zu dem Kiosk gehörten, an dem man Süßigkeiten, Snacks, Kaffee und Bier kaufen konnte. Die Sonne schien, es war ein schöner Tag, alle waren zufrieden. Die Kinder schauten durch das Geländer und beobachteten das Treiben auf dem Strand unter uns.

Während meiner Zeit in Brighton hatte ich viel Zeit hier verbracht, vor allem mit Pauline. Wir kamen oft am Wochenende her, um uns mit anderen Austauschstudenten zu treffen oder einfach in einem nahegelegenen Café zu sitzen und zu lesen oder für eine Prüfung zu lernen.

Pauline hatte ich beim Fortgehen kennengelernt, das heißt, eigentlich schon auf der Heimfahrt im Morgengrauen im Bus. Das Erste, das ich von ihr wahrnahm, war das Muster ihrer schwarzen Strumpfhose, das eine Art Blumen- oder Blätterranke zu ergeben schien. Teils durch die leichte Trunkenheit, teils durch die Müdigkeit, die mich mit einem Mal übermannt hatte, sobald ich mich auf den Sitz hatte fallen lassen, fixierte ich das dunkel-helle Geflecht. Es erinnerte mich an die Ornamente des Jugendstils. Erst als sie, die quer zu mir saß, auf einem der Klappsitze beim Kinderwagenabstellplatz, bei einer scharfen Kurve mit dem Knie gegen meines stieß, blickte ich auf zu ihr.

„Excuse me“, sagte sie und lächelte mich an. Ihr Akzent klang wunderschön.

Entschuldigen! Wofür wollte sie sich entschuldigen? O, Pauline!

Dann ging es recht schnell. Es stellte sich heraus, dass sie Colette, eine französische Austauschstudentin, die mit uns unterwegs war, kannte. Den Rest der Busfahrt unterhielten wir uns zu dritt, mir zuliebe sprachen die beiden Englisch. Ab und zu tuschelten sie auf Französisch, was das Ganze noch aufregender machte. Und ihr Knie mit dem schönen Jugendstil-Muster stieß noch einige Mal gegen meins.

Von Colette besorgte ich mir am nächsten Tag, ohne mir Mühe zu geben, einen Vorwand vorzutäuschen, Paulines Telefonnummer. Pauline wohnte in Brighton, in einem Randbezirk, nicht weit entfernt vom Strand, ich hingegen hatte ein Zimmer auf dem Campus außerhalb der Stadt. Wir trafen uns einige Tage darauf vor dem Brighton Pier – also ganz in der Nähe, wo wir gerade Kaffee tranken – und spazierten durch das Viertel zwischen den touristischen Lanes und dem Bahnhof, wo sich Musikläden, vegetarische Lokale, Geschäfte mit Hippie- und Punk-Kleidungsstücken, Kunstgalerien sowie Schwulen- und Lesben-Cafés aneinanderreihten. Hier sah ich das erste vegane Schuhgeschäft meines Lebens.

Pauline und ich kamen ohne Umwege zusammen, es war von Anfang an klar, was wir beide wollten. Wir hatten viel

Sex, er war unbekümmert, denn wir wussten, dass unsere Beziehung ein Ablaufdatum hatte. Meistens waren wir bei Pauline, sie hatte ein Zimmer in einer Wohngemeinschaft mit zwei anderen Studentinnen – die eine war ebenfalls aus Frankreich, die andere aus den Niederlanden – und einem Spanier, Pedro, mit dem ich manchmal abends im Wohnzimmer trank und mich unterhielt.

Von ihrer Wohnung aus erkundeten wir die Stadt, wir stromerten oft stundenlang herum, kamen irgendwann am Strand an, gingen dort entlang der Küste bis zum Pier, von wo wir wieder den Weg Richtung Zentrum einschlugen. Wir redeten nie darüber, was nach dem Jahr sein würde, einmal erwähnte sie zwar, dass es bei ihr in Arles ein ähnliches Kunstcafé gab wie das, in dem wir immer wieder landeten, und dass sie mir das ja zeigen könnte, wenn ich sie einmal besuchen sollte, aber im Grunde war es klar, dass unsere gemeinsame Zeit auf die Dauer des Studienjahres befristet war. Immerhin würden das seit unserer ersten Begegnung im Bus im November gute sieben Monate sein.

Einmal lagen wir, nachdem wir miteinander geschlafen hatten, auf dem Bett, es war schon Anfang April, vor den Osterferien, das Fenster hatten wir geöffnet, die Sonne schien herein, das Meer war entfernt zu hören und das Kreischen der Möwen, das so, in der Weite und aus dieser Geborgenheit heraus, friedlich klang. Wir schlummerten immer wieder ein. Das war einer der Momente, in denen ich mich im Einklang mit mir und der Welt fühlte.

Später flanierten wir durch das frühlingshafte Brighton, überall saßen Menschen gut gelaunt in Straßencafés und auf den Bänken vor den Pubs, Künstler stellten ihre Werke auf dem Gehsteig aus, eine Musikerin spielte auf ihrer Gitarre und sang eigene Lieder, in einem kleinen Park sonnten sich eine Handvoll Punks und tranken Bier. Alles war voller Leben. In einer Second-Hand-Buchhandlung kaufte ich mir einen Band mit Erzählungen von Henry James, ein abgegriffenes Taschenbuch, das mich seitdem jedes Mal an diesen Tag erinnerte. Wenn ich an seinen Seiten roch, hatte ich das Brighton dieser Zeit in meiner Nase, diesen Apriltag, dieses Gefühl, sorglos und frei zu sein. Dabei wussten wir, Pauline und ich, dass uns mit dem nahenden Sommer nur mehr wenige Wochen dieser Zweisamkeit, oder eher: dieses glückseligen Zustands nebeneinander (und: aufeinander), blieben. Das hielt uns aber keineswegs davon ab, in einem anderen Laden mit alten Möbelstücken ein Paar zu spielen, das auf der Suche nach einer Einrichtung für die gemeinsame Wohnung war, und uns vorzustellen, welche Couch und welches Bücherregal wir kaufen würden. Am späteren Nachmittag saßen wir dann, auf einmal beide verstummt, auf den Kieselsteinen am Strand. Dieser Tag blieb mir als einer der geglücktesten meines Lebens in Erinnerung.

Jetzt, fünfzehn Jahre später, war dieses Gefühl zusammen mit der Familie natürlich nicht mehr wiederherzustellen, auch wenn wir ganz in der Nähe waren. Wie gerne wäre ich allein losgezogen, um die Buchhandlung aufzusuchen, falls es sie überhaupt noch gab.

„Woran denkst du?“ Mona schaute mich an. Die anderen hatten ihre Aufmerksamkeit mittlerweile ganz dem Treiben auf dem Strand gewidmet, der sich nun mehr und mehr belebte, Liegestühle wurden vermietet, Frisbees wurden einander zugeworfen, Jogger joggten vorbei, mit oder ohne Hund, manche einen Kinderwagen vor sich herschiebend, Verkaufsstände wurden aufgesperrt.

„An früher.“

„An eine Frau?“

„An eine Buchhandlung.“

„Was denn sonst!“

„Max! Schaust du bitte mal, was dein Sohn macht?“ Sarah hatte diesen Tonfall, der eine Mischung aus Vorwurf, Aufforderung und grundsätzlicher Missbilligung dessen war, was ich gerade tat. Den Annäherungsversuch von letzter Nacht, sofern das einer gewesen war, hatte sie vergessen. Jakob hatte begonnen, die Rampe in Richtung Strand hinunterzustolpern, und beschleunigte, gegen seinen Willen, immer mehr. Das war der Nachteil, wenn Kinder gehen lernten. Solange man sie in den Kinderwagen stecken konnte, hatte man sie unter Kontrolle. Ich stand auf, lief ihm hinterher und erwischte ihn gerade noch vor der gepflasterten Promenade, auf der viel Betrieb herrschte.

Wir gingen alle bis ans Wasser und schauten den Wellen zu, die ein paar Meter vor uns brachen.

„Emma, schau, dort drüben irgendwo ist Frankreich“, sagte ich und deutete zum Horizont.

„Ist das weit?“, fragte sie.

„Ja, schon eher.“

„Du, Mona“, sagte Stefan und deutete zu einem der Stände, „ich glaube, Theo will unbedingt so ein Plastikspielzeug, das er dort drüben gesehen hat.“

Theo wollte sich losreißen von seinem Vater und zurück zur Promenade laufen, wo man alles Mögliche kaufen konnte. Je stärker Stefan seine Hand festhielt, umso vehementer versuchte Theo loszukommen.

„Ich will auch was haben!“, rief Emma. Aber ich erkannte an ihrem halbherzigen Tonfall, dass sie diese Forderung – Kinder fordern, sie wünschen nicht – nur aussprach, um Theo ihrer grundsätzlichen Unterstützung zu versichern. Zum Glück bekam Jakob, der mit einigen großen Steinen spielte, davon nichts mit.

„Schau mal, Theo, dort vorne“ – ich zeigte in Richtung des Piers – „gibt es auch tolle Sachen, die kann man sich anschauen!“

„Das ist eine gute Idee“, sagte Mona. „Wenn wir dort sind, darfst du dir eine Kleinigkeit aussuchen.“ Bis dahin würde Theo es vergessen haben.

„Dann will ich aber auch etwas bekommen!“ Das meinte Emma nun ernst. Und sie würde es bestimmt nicht vergessen.

Stefan und Theo, mit dem klaren Ziel vor Augen, schritten voran, Emma und Sarah schlossen zu ihnen auf, während Mona, ich und Jakob, den ich auf den Arm nahm, weil er sich mit dem Gehen auf den Kieselsteinen schwertat, ihnen folgten.

„Du hast mir gar nicht erzählt, dass ihr stolze Hausbesitzer werdet“, sagte ich zu Mona.

„Stimmt. Also: Wir werden stolze Hausbesitzer. Darüber habt ihr zwei euch also gestern Abend unterhalten? Von Mann zu Mann?“

„Stefan hat mir sogar von seinem Kamin erzählt. Von eurem.“

„Ja. Von seinem Kamin.“

„Und worüber habt ihr zwei gestern so geredet?“, wollte ich wissen.

„Wir haben uns gefragt, wie man das Bildungssystem sozial gerechter machen könnte.“

„Sehr staatstragend.“

„Aber wir sind zu keinem Ergebnis gekommen. Ich habe das Thema Gesamtschule angeschnitten, aber Sarah scheint da skeptisch zu sein.“

„Ja. Sie hat diesbezüglich recht klare Vorstellungen“, bestätigte ich.

„Mama ... Mama ...“ Jakob zeigte mit einer Hand in Sarahs Richtung.

„Wir gehen ja auch dorthin, Jakob. Wir sind gleich bei Mama. – Und wann zieht ihr um?“

„Ach, ich weiß nicht.“

Jakob begann zu zappeln und sich aus meinem Griff zu lösen. Ich versuchte ihn festzuhalten, aber als er mir mit dem Fuß in die Rippen trat, setzte ich ihn ab, und er lief sofort los.

„Sarah“, rief ich. „Warte. Jakob kommt zu euch.“

Sarah blieb wortlos stehen, offensichtlich nicht einverstanden damit, dass Jakob nicht bei mir bleiben wollte, wartete, bis er sie erreichte, und hob ihn hoch. Dann ging sie mit ihm weiter, Mona und ich folgten mit ein wenig Abstand.

„Eigentlich würde ich gerne noch einmal ins Ausland“, sagte Mona. „Jetzt, wo Theo noch klein ist, ginge das ja leicht. Aber Stefan ist der festen Überzeugung, dass er in der Arbeit unabkömmlich sei. Außerdem glaubt er, er müsse jetzt ständig vor Ort sein, weil wir das Haus seiner Großeltern renovieren.“

„Das klingt nach Baustellenromantik.“

„Zumindest wäre das irgendeine Art von Romantik ... Dabei kann das doch warten. In der Zwischenzeit könnten wir die Wohnung vermieten. Die ist ja Eigentum. – Aber nein, um ehrlich zu sein, ich kann mir Stefan im Ausland auch gar nicht vorstellen. Er ist so – bodenständig. So – verwurzelt.“

„Und außerdem: der Kamin“, gab ich zu bedenken.

„Genau. Der Kamin.“

Der Pier war nicht mehr weit, allerdings hatte sich der Abstand zwischen uns und den anderen vergrößert. Aber weder Mona noch ich machten Anstalten, unseren Schritt zu beschleunigen.

Über uns kreisten Möwen, nur wenige Meter über unseren Köpfen.

„Die sind gefährlich. Wirklich!“, wechselte ich das Thema. Und ich erzählte ihr von meinem prägenden Möwenerlebnis aus meiner Brighton-Zeit. Einmal sei ich mit einer Viertelpizza, die ich, als hungriger Student und jedes Pfund zweimal in der Hand umdrehend, zuvor an einem Stand gekauft hatte, an den Strand gekommen und hätte mich auf die Steine gesetzt, irgendwo hier in der Nähe. Den ganzen Tag hatte ich mich auf diesen Moment gefreut. Ich legte den Rucksack auf die eine Seite, den Pappkarton mit der Pizza auf die andere und riss ein Stück ab. Eine Möwe landete einige Meter von mir entfernt. Sie kreischte vor sich hin, schaute mich mit ihren dumm-aggressiven Augen an und watschelte in die andere Richtung los. Ich biss genüsslich hinein. Die Tomatenscheiben waren schon ein wenig kalt geworden, aber der Käse und die Tomatensauce darunter waren noch schön warm. Da hob die Möwe ab, flog über meinen Kopf hinweg, drehte zwei, drei Runden und landete auf der anderen Seite von mir, dort, wo der Karton war. Sie ging ein paar Schritte auf das Wasser zu, blieb stehen, drehte sich ruckartig zu mir um und kreischte mich an. Ich nahm die Pizza auf meinen Schoß. Die Möwe kam bis auf zwei Flügellängen an mich heran. Sie fixierte mich. Dann breitete sie die Flügel aus, riss den Schnabel auf und fauchte mich an. Ich blieb wie versteinert sitzen und klammerte mich an meinen Karton. Mit einem Satz flog sie auf mich zu, landete vor meinen Füßen und pickte ihren Schnabel in die Pizza hinein, ich ließ los und sie flatterte mit meinem Mittagessen davon.

Mona lachte.

„Das ist nicht lustig! Die sind gefährlich. Wirklich!“

„Solange sie nur über uns kreisen und uns nicht auf den Kopf machen, ist alles in Ordnung“, beruhigte mich Mona lächelnd.

Die anderen erwarteten uns am Anfang des Piers.

„Ich will mir jetzt endlich was aussuchen! Ihr habt es versprochen!“, hörte ich Emma bereits vehement protestieren.

Mir kam es so vor, als ob Sarah uns ein bisschen eindringlicher und länger anschaute, als es zu ihr passte, ehe sie mich mit den Worten empfing: „Da bist du ja endlich. Jetzt nimmst einmal du den Kleinen.“ Sie überreichte mir Jakob, der sofort wieder ausbüxte und zu ihr zurückrannte.

„Komm, Papa, ich will mir jetzt was aussuchen“, drängte Emma, packte meine Hand und zog mich in Richtung der Stände, die sich auf dem Pier, mehrere Meter über den Wellen, aneinanderreihten.

Mona hob Theo hoch und widmete ihre ganze Aufmerksamkeit nun ihm, als sei sie soeben von einer längeren Reise heimgekehrt.

So wie mich Emma jetzt zum Pier trieb, fühlte ich mich seit mehreren Monaten fast ständig in einem schwer zu bestimmenden Zustand des Gehetztseins. Ich hatte keine Erklärung dafür, wodurch diese Veränderung in meiner Wahrnehmung ausgelöst worden war, ja, sogar nicht einmal, worin sie genau bestand. Auf einmal hatte ich das Gefühl, keine Zeit zu haben. Bei den gewöhnlichsten Tätigkeiten verspürte ich einen enormen Druck, ohne dass ihn mir jemand, außer ich selbst, gemacht hätte. Wenn ich zum Beispiel am Vormittag eine Stunde hatte, in der es nichts zu erledigen gab, irrte ich nervös in der Wohnung herum, setzte mich mal auf die Couch, schlug die Zeitung auf, überflog die Schlagzeilen, ohne mich für einen Artikel entscheiden zu können, legte sie wieder weg, um mir ein Buch zu holen. Jetzt, wo ich endlich Zeit hatte, müsste ich doch etwas Sinnvolles bewerkstelligen. Zeitung lesen könnte ich schließlich auch noch, wenn die Kinder wieder zu Hause waren, dafür brauchte es keine absolute Ruhe, wie ich sie jetzt gerade hatte. Ich las eine Seite in einem Buch, nahm ein anderes zur Hand, wobei ich gleichzeitig zu der Einsicht kam, dass es sich in meinem Leben nicht mehr ausgehen würde, all die Bücher zu lesen, die ich in einem Anfall von Größenwahn mit Ende zwanzig auf eine Liste geschrieben hatte in der Annahme, diese bis zum Ende meines Lebens auch tatsächlich abarbeiten zu können. Ich hatte seitdem nicht einmal fünf Prozent davon erledigt. Das einzige umfangreichere Werk war *Anna Karenina*.

Da kam es auf diese eine Stunde, von der nur mehr fünfzig Minuten übrig waren, auch nicht mehr an. Ich stand wieder auf, ging in die Küche und sah, dass der Geschirrspüler in zweiundzwanzig Minuten fertig war. Das eilte also noch nicht. Ich griff zum Handy, öffnete eine Nachrichtenseite, klickte mehrere Artikel hintereinander an, ohne mehr als die Schlagzeile und die ersten paar Sätze des Leads zu lesen, und legte es dann hastig weg. Ich wollte diese wertvolle Zeit nicht mit Surfen verlieren. Vierzig Minuten hatte ich noch, dann musste ich das Mittagessen kochen. Am besten war es wohl, ganz ohne Druck zu entspannen. – Wo waren die ersten dreißig Minuten auf einmal hin? Womit hatte ich sie gefüllt? Nun hieß es, zumindest die zweite Hälfte ertragreich zu gestalten. Ich setzte mich mit meinem Notizheft an den Küchentisch. Vor einiger Zeit hatte ich begonnen, ein Journal zu führen. Tagebuch wollte ich dazu nicht sagen. Vielleicht würde ich einmal einen Ausschnitt an eine Literaturzeitschrift schicken. Der letzte Eintrag war über vier Monate alt und bestand aus zwei kurzen, nichtssagenden Sätzen. Ich spitzte den Bleistift und setzte an. Rechts oben notierte ich das Datum. Dann schrieb ich: „Donnerstagvormittag, die Kinder sind im Kindergarten, gerade keine Übersetzung zu machen, endlich Zeit für mich.“ Da sprang die Tür des Geschirrspülers mit einem schmetternden Geräusch auf, woraufhin ich erschrak. In spätestens zehn Minuten musste ich das Mittagessen vorzubereiten beginnen. Den Geschirrspüler konnte ich also auch gleich ausräumen. Ich schloss das Notizheft.

NOCH 10 TAGE

Als ich mich am nächsten Tag ans Kochen machte – den Vormittag hatten wir ohne Programmpunkt im Haus verbracht, die Kinder spielten friedlich miteinander –, gesellte sich Mona zu mir und fragte, ob sie helfen könne. Sicherheitshalber beauftragte ich sie mit dem Schneiden von Zwiebeln, bevor sie sich wieder hätte entfernen können. Mein Vorhaben, sie im Badezimmer zu überraschen, kam mir nun pubertär vor, als wäre seitdem viel mehr Zeit als nur zwei Tage vergangen oder als wäre eine grundlegende Änderung eingetreten.

„Du gehörst also zu denen, die beim Kochen immer gleich wegräumen?", fragte sie.

Tatsächlich entsorgte ich die Schalen von den Kartoffeln und den Zwiebeln sowie die abgeschnittenen Karottenköpfe, noch bevor ich das Gemüse ins kochende Wasser gab, und wusch das Schneidbrett gleich im Anschluss daran ab. Mir war das bis jetzt nicht aufgefallen.

„Selbstverständlich. Ich koche ausschließlich so. Gehörst du etwa zu denen, die das anders machen?"

Sarah kam mit den Teetassen vom Vormittag zu uns: „Ich will ja nichts sagen, das schaut gut aus. Aber glaubst du allen Ernstes, die Kinder essen eine Suppe, in der Gemüse schwimmt?"

„Wenn wir sie pürieren und Backerbsen hineingeben, ist es eine Backerbsensuppe."

„Wie du meinst."

Sarah ging zurück zu den Kindern und versuchte Emma davon zu überzeugen, endlich den Pyjama abzulegen und sich anzuziehen, es sei gleich Mittag. Jakob hatte ich gleich nach dem morgendlichen Wickeln angezogen, er war zum Glück noch zu klein, um von sich aus Widerstand zu leisten.

„Ich werde sie auf jeden Fall essen", sagte Mona.

Das Mittagessen war ein Debakel, eine Niederlage auf der ganzen Linie. Emma hatte meinen Schwindel sofort durchschaut. „Du lügst, Papa, Papa, du hast gelügt! Da sind Karotten drin! Warum darf ich immer nicht lügen?" Gemüsesuppe bleibt eben Gemüsesuppe, ob püriert oder nicht, Sarah hatte natürlich Recht gehabt. Wir konnten gerade noch verhindern, dass Emma die Suppe auf den Boden spuckte. Sie steigerte sich immer mehr hinein in ihren Zorn, dessen Grund ihr wahrscheinlich selbst kaum noch bewusst war. Ich meinerseits schwankte in solchen Momenten zwischen widerstreitenden Gefühlen: der eigenen Wut über die Irrationalität dieses Verhaltens; Mitgefühl mit dem Kind, das ganz offensichtlich mit seinen Emotionen überfordert war und Unterstützung brauchte; und dem Gefühl der Peinlichkeit, vor Zeugen in Echtzeit erzieherisch auf der ganzen Linie zu versagen. Mona und Stefan übergingen höflich unser Familiendrama, das sich auf einen Ehestreit zwischen Sarah und mir zu verlagern drohte, da wir nicht weit davon entfernt waren, den jeweils anderen für das Fehlverhalten unserer Kinder verantwortlich zu machen und uns dabei so sinnlose Vorwürfe an den Kopf zu werfen wie „Ich habe dir doch gleich gesagt, dass ..." oder „Das ist allein deine Schuld!" Jakob zeigte sich mittlerweile mit der großen Schwester solidarisch und verweigerte ebenfalls die

Suppe. Monas und Stefans Bemühungen, Theo von den Vorzügen einer Gemüsesuppe zu überzeugen, waren vor diesem Hintergrund zum Scheitern verurteilt.

Die Situation spitzte sich noch zu durch den Umstand, dass wir jetzt vor folgendem Dilemma standen: Entweder mussten die Kinder den Nachmittag ohne Mittagessen bestreiten oder sie aßen gleich die Würstel mit Ketchup, die „Hauptspeise", die sie allerdings, laut unserer immer mehr ins Wanken geratenden Familienregel, nur dann hätten bekommen dürfen, wenn sie die Suppe zumindest gekostet hätten. Letzteres stand jetzt aber nicht mehr zur Diskussion. Es war eine Situation, in der wir nur verlieren konnten: Entweder wir gaben nach und erklärten unseren Deal selbst für ungültig – wodurch wir gegenüber den Kindern an Glaubwürdigkeit einbüßen würden – oder wir blieben konsequent und die Kinder hungrig.

Das rührte wieder an eine dieser Grundsatzfragen, die in regelmäßigen Abständen zu Auseinandersetzungen zwischen Sarah und mir führten: Darf man Essen als Belohnung einsetzen? Darf man sagen: „Du bekommst ein Stück Schokolade, wenn du all die Bauklötze in die Kiste zurückgeräumt hast", wenn das Kind doch eigentlich lernen sollte, dass es eine Selbstverständlichkeit ist, Ordnung im eigenen Zimmer zu halten? Kinder müssten verstehen, dass sie Pflichten aus Eigenantrieb erfüllen, schließlich gebe es im späteren Leben auch nicht für alles, was man erledigen muss, eine Belohnung, pflegte ich Sarah zu erklären, die über meine Besserwisserei nur den Kopf schüttelte und mich daran erinnerte, dass ich mich nach einem anstrengenden

Tag ebenfalls mit einer Tafel Schokolade, einer Packung Essigchips und einem Bier auf die Couch vor den Fernseher setzte. Wenn Emma und Jakob erwachsen seien, dürften sie das auch, rechtfertigte ich mich.

Um nicht weiter Öl ins Feuer zu gießen, kapitulierten wir schließlich und überließen die Würstel den Kindern. Sarah knallte die Ketchup-Flasche auf den Tisch – „Da, bitte, stopft so viel davon in euch hinein, wie ihr nur könnt!" – und Theo bekam einen Wutanfall, weil er die Würstel selbst mit dem Messer schneiden wollte, es aber nicht schaffte und sich auch nicht helfen lassen wollte.

Die Gemüter beruhigten sich erst am Nachmittag einigermaßen, den wir auf einem Spielplatz verbrachten, wo sich die Kinder austoben konnten. Ich suchte zwar immer wieder die Nähe von Mona, um mit ihr ins Gespräch zu kommen, aber irgendwer kam jedes Mal dazwischen.

Am Abend waren wir Erwachsenen froh, den Tag überstanden zu haben. Diesmal waren Stefan und ich an der Reihe, das Pub aufzusuchen. Zwischen Sarah und mir war der durch das Mittagessen ausgelöste Streit zwar immer wieder aufgeflammt und Sarah hätte es wohl lieber gesehen, wenn ich unter diesen Umständen nicht auch noch durch einen Freigang belohnt worden wäre, aber sie hielt sich an die einmal getroffene Abmachung.

Stefan taute mit den ersten Schlucken Bier auf. Wie wir da am Tresen saßen, tranken und ab und zu einen Blick auf den Bildschirm über der Bar warfen, auf dem die Übertragung eines Rugbyspiels lief, fühlte ich mich jünger.

Der Altersunterschied zwischen mir und den anderen, der seit ein paar Jahren in solchen Lokalen immer rücksichtsloser zutage trat, wurde hier nicht schlagend, da die meisten der anderen Pubbesucher älter waren als wir. Bis auf die Kellnerin, die uns immer wieder zulächelte, wenn sie vor uns, auf der anderen Seite des Tresens, an den Zapfhähnen hantierte. Dann geschah etwas, womit ich nicht gerechnet hatte: Stefan machte einen Versuch, mit ihr zu flirten. Sein Englisch war jedoch dermaßen schlecht, dass sie ihn nicht verstand. Vielleicht tat sie aber auch nur so, als würde sie ihn nicht verstehen.

„Auch andere Mütter haben schöne Töchter." Hatte er das wirklich gesagt? „Schau dir diesen Hintern an."

Ich hoffte inständig, dass die Kellnerin kein Wort Deutsch verstand. Die Gefahr lauerte im Raum, dass sich ein ähnliches Männergespräch entwickelte wie vor zwei Tagen, als es um die fachgemäße Installation von Kaminen ging. Auch wenn ich am sich eventuell abzeichnenden Thema – nämlich: Frauen – nicht grundsätzlich desinteressiert war, würde es zu keiner Unterhaltung kommen. Zwar waren wir beide hetero, aber das war auch schon die größte Gemeinsamkeit. Dass wir dieselbe Frau anziehend fanden, stellte hingegen nur ein noch größeres Hindernis dar.

Während er mir – ohne von mir dazu ermutigt zu werden – von Frauen und seinen diesbezüglichen Vorlieben erzählte, wurde mir immer klarer, dass er Mona niemals wirklich betrügen würde. Dafür war er einfach zu wenig fantasievoll und zu einfach gestrickt. Denn dass er gegenüber einer Wildfremden ein paar halbherzige Komplimente von sich gab, noch dazu recht unoriginelle, soweit ich das aus seinem österreichischen Englisch herauszufiltern vermochte, konnte nicht als ernstzunehmender Annäherungsversuch verbucht werden. Die Art, wie er im Laufe des Abends über Frauen im Allgemeinen redete, offenbarte jedoch noch etwas anderes: Mona bildete für ihn keine Ausnahmeerscheinung, sie hatte keine Sonderstellung und sie war für ihn nicht jemand qualitativ Andersartiger, sondern sie stand in seinem Ranking von Frauen einfach nur ganz weit oben. Die Kellnerin befand sich auf der gleichen Skala wie Mona, nur weiter unten. Da dies aber Stefan durchaus bewusst war, hätte er nicht im Traum daran gedacht, seine Ehe wegen ihr oder einer anderen Frau aufs Spiel zu setzen. Und wahrscheinlich war ihm auch klar, dass er es mit Mona sehr gut erwischt hatte und die Wahrscheinlichkeit gering war, dass er eine höher gerankte Frau finden würde.

„Und wie sieht es mit dir aus?“ Stefan stieß mich mit dem Ellbogen an. „Du und die Frauen? Ich meine, außer Sarah wird es wohl noch wen gegeben haben ... du weißt schon.“

„Ja, klar ...“

Ich ging nicht näher darauf ein, nahm einen Schluck von meinem Bier und schaute mich im Pub um.

Aber wie stand es nun wirklich um mich – jetzt, in der Gegenwart? Hätte ich überhaupt noch Chancen auf dem freien Markt der Samstagnacht? Könnte ich mehr sein als nur ein Zaungast, der mit einem Drink an die wummernde Box gelehnt steht und Beobachter der Balz ist? Fände ich die richtigen Worte, um eine Tanzende anzusprechen, die richtige Körperhaltung, um sie anzutanzen?

Oder wäre ich den anderen unangenehm, mit meinen fast vierzig Jahren? Einmal im Monat hatte ich Migräne, ohne Grund, dafür aber verlässlich. Von Weißwein bekam ich Sodbrennen. Wenn ich am Abend mehr als ein Bier trank, musste ich in der Nacht drei Mal auf die Toilette, konnte nicht schlafen und fühlte mich den ganzen nächsten Tag elendig. Bald müsste ich meine erste Prostatauntersuchung über mich ergehen lassen. In wenigen Jahren würde ich damit beginnen, die Zeitung von mir wegzuhalten, um die Buchstaben leichter entziffern zu können, und die Schrift auf meinem Handydisplay vergrößern. Darauf hatte mich die Augenärztin beim letzten Kontrolltermin vorbereitet. Ich wäre der Pension näher als der Matura, dem Tod näher als der Geburt. In letzter Zeit rasierte ich mich wieder öfter, da sich immer mehr weiße Haare in meinen dunklen Bart mischten, wie Sarah eines Abends lachend feststellte – ich konnte aus ihrer guten Laune nicht herauslesen, ob es sie irritierte oder ob es ihr gefiel. Vor ein paar Jahren noch hatte sie stets darauf bestanden, dass ich meinen Bart zumindest fünf Tage wachsen ließ. Bei einer Kollegin aus Sarahs Schule, gerade einmal ein paar Jahre älter als wir, war vor einiger Zeit Brustkrebs diagnostiziert worden, sie wurde operiert und anschließend bestrahlt, der Krebs war zurückgegangen, sie hatte, fürs Erste, gesiegt. Die Kollegin hatte erzählt, dass sie während ihrer Zeit im Krankenhaus die Frau eines Patienten kennengelernt hatte, der gerade zweiundvierzig geworden und unheilbar krank war, ein Hirntumor, der ohne Ankündigung, ohne Vorwarnung einfach so auftaucht bei einem gewissen, sehr niedrigen

Prozentsatz der Bevölkerung, der Tumor schlägt zu und lässt einem keine Chance, man bekommt eine Frist von fünf Monaten bis maximal zwei Jahren, um seine To-do-Liste im Diesseits abzuarbeiten. Natürlich, zweiundvierzig sei schon etwas jung, das hätten auch die Ärzte gesagt, das durchschnittliche Erkrankungsalter für diese Art von Tumor, der vor allem bei Männern auftrete, sei eigentlich zweiundsechzig. Der Mann und die Frau hatten einen Sohn, acht Jahre, der sich seit einiger Zeit weigerte, seinen Vater zu besuchen, die Frau wusste nicht weiter, sie wusste nicht, sollte sie die letzten paar Wochen, vielleicht die letzten Tage, die sie noch hatten, so viel Zeit wie möglich mit ihrem Mann verbringen oder aber sich um den Sohn kümmern, das alles hätte sie der krebskranken, aber immerhin heilbaren Kollegin von Sarah auf dem Gang im Krankenhaus erzählt. Eines Tages gestand sie, dass sie in diesem Bereich, vor der Abteilung für Bestrahlung, eigentlich gar nichts mehr zu tun habe, ihr Mann sei seit ein paar Tagen auf der Hospizstation, ein paar Meter vor dem Ziel sozusagen, wortwörtlich im Wartezimmer des Todes, erzählte sie lächelnd, dort sei es ganz anders als hier, so schön ruhig, keine Hektik, man dürfe die Patienten – war das überhaupt noch die passende Bezeichnung? – rund um die Uhr besuchen, es gebe eine Küche, da könne man sich jederzeit einen Tee oder einen Kaffee machen, auch die Angehörigen.

Ich betrachtete den Hintern der Kellnerin, die vor uns in die Hocke ging und eine Cola-Flasche aus dem Kühlschrank unter der Bar hervorholte. Bei manchen Frauen sah man ja in so einer Körperhaltung zwischen Hosenbund und Bluse den oberen Rand des Slips. Bei ihr war nur ein kleiner Ausschnitt Haut zu sehen, mit ein paar hellen Härchen in der Mulde, die den Spalt zwischen den Pobacken andeutete. Der Anblick beruhigte mich. Als müsste ich mich vergewissern, dass das Leben noch da war.

Als wir wieder im Haus waren, saß Mona mit einem Buch in der Hand auf der Couch im Wohnzimmer. Es war der Roman von Karl Ove Knausgård, den ich auf dem Tisch liegen gelassen hatte, nachdem ich untertags den Versuch, darin zu lesen, mehrmals abbrechen musste.

„Hallo Mona! Kennst du Knausgård?“, fragte ich erfreut.

„Bis jetzt nur diese fünfundzwanzig Seiten. Und das ist anscheinend nicht viel.“ Sie wog das fast tausend Seiten dicke Buch in der Hand.

Stefan gab Mona einen Kuss und ging auf die Toilette.

„Sind alle seine Bücher solche Wälzer?“, fragte Mona.

„Mehr oder weniger.“

„Er hat wohl keine Kinder.“

„Doch. Gleich vier.“

Ich hätte mich am liebsten dazugesetzt und mich mit ihr über Knausgård unterhalten, auch wenn ich bisher nur einen Band seiner Romanreihe gelesen hatte. Aber Mona sagte: „Apropos Kinder: Sarah ist oben, sie ist, kurz nachdem ihr das Haus verlassen habt, hinaufgegangen. Die Kinder dürften etwas unruhig sein …“

„Theo auch?“, fragte Stefan, der gerade zurückkam, unsicher.

„Nein. Der schläft. Sonst wäre ich ja nicht hier.“

„Gute Nacht“, sagte ich und eilte hinauf. Vor der Tür blieb ich kurz stehen. Es war nichts zu hören. Ich zog meine Hose und meine Jeansjacke noch auf dem Gang aus und öffnete leise die Tür.

„Da bist du ja endlich“, flüsterte Sarah. „Der Abend war die Hölle.“

„Es war doch ausgemacht, dass ich heute nicht da bin.“

Sie lagen zu dritt im Elternbett.

„Was habe ich davon, dass das ausgemacht war? Sei bitte leise. Sie sind gerade eingeschlafen.“

Ich legte mich, ohne Zähne zu putzen, in Boxershorts, Socken und T-Shirt in Emmas Bett im Nebenzimmer, ließ die Tür offen, um gleich bereit zu sein, wenn ich gebraucht wurde, kauerte mich zusammen und versuchte, unter die Decke zu passen, die viel zu klein für mich war.

NOCH 9 TAGE

Am nächsten Tag regnete es. Vom Vormittag war aufgrund eines in die Länge gezogenen Frühstücks nicht mehr viel übrig. Der Knausgård lag noch immer auf dem Couchtisch, mit einem abgerissenen Streifen aus der Zeitung, den Mona als Lesezeichen zwischen den Seiten platziert hatte. Da niemand Anstalten machte, einen Plan für den Tag zu entwerfen, schlug ich vor, Virginia Woolfs Wohnhaus in der Nähe von Brighton zu besichtigen. Mona schloss sich, wie ich es nicht anders erwartet hatte, sofort an. Aber auch Sarah stimmte schnell zu, was schon etwas überraschender war. Vielleicht wollte sie eine Allianz, die Mona und ich hätten bilden können, im Keim ersticken. Damit spielte Stefans Stimme keine Rolle mehr.

Allerdings stand uns noch eine hitzige Verhandlung mit Emma bevor, die die Interessen der Kinder vertrat: „Wir gehen sicher nicht in euer blödes Museum! In euer blödes Museum gehen wir nicht! Ganz sicher bestimmt nicht!" Schließlich einigten wir uns darauf, dass wir nicht in ein „Museum" gehen, sondern gemeinsam einen „Ausflug" unternehmen würden, um uns anzuschauen, wie die Menschen früher gelebt hätten. Und am Nachmittag käme dann der Höhepunkt des Tages, versicherten wir den Kindern: Da würden wir dann zu einem einmaligen Indoor-Spielplatz fahren, dem besten in ganz Südengland.

„Und warum können wir dann nicht jetzt sofort zu dem Inder-Spielplatz? Na, warum?", blieb Emma zäh, flankiert von dem grimmig dreinblickenden Theo und Jakob, der fälschlicherweise bereits einen Sieg feierte: „Pie-patz! Juuuu! Pie-patz!“

„Der hat noch gar nicht offen“, log ich, ohne mit der Wimper zu zucken. „Es muss ja alles erst aufgebaut werden, damit die ganzen Spielsachen bereit sind, wenn wir dann kommen.“

„Dort bekommt ihr auch ein Eis“, erhöhte Sarah den Einsatz.

„Und Gummibärchen“, setzte Stefan unnötigerweise noch eines drauf.

„Na gut. Von mir aus“, gab Emma schließlich ihre Zustimmung. „Dann machen wir eben euren blöden Ausflug.“

Monk’s House wurde entgegen unseren Befürchtungen ein voller Erfolg. Wir konnten die Kinder gleich bei unserer Ankunft, noch im Garten, abgeben, eine ältere Dame, die das Haus ehrenamtlich betreute, bot uns an, diese „drei entzückenden Geschöpfe“ – allem Anschein nach meinte sie damit unsere – in ihre Obhut zu nehmen, damit wir die Räumlichkeiten dieser „in der Tat interessanten Persönlichkeit“ in Ruhe studieren könnten. Und die entzückenden Kinder zeigten sich davon sogleich begeistert, die Chemie zwischen der unbekannten Frau und ihnen passte, ohne dass wir uns das erklären konnten, auf Anhieb. Ob wir denn in einem Polykül leben würden? „Drei Kinder, vier Co-Parents?“, fragte sie verschmitzt.

„Meint ihr, wir können die Kinder einfach bei ihr lassen?“, gab Stefan zu bedenken. „Wir wissen ja gar nicht, wer sie ist.“

„Aber natürlich“, beschwichtigte Mona.

„Wird schon gut gehen“, meinte Sarah. „Die scheint in Ordnung zu sein.“

Im Haus nahm uns ein Mann in Empfang, der in etwa gleich alt sein musste wie unsere Babysitterin und der den Eindruck erweckte, als hätte er den ganzen Tag nur auf uns gewartet. Zu seiner beigebraunen Flanellhose trug er ein kariertes Hemd und darüber eine schwarze Lederweste. In seinem linken Ohr hatte er einen goldenen Ohrstecker. Einerseits passte er haargenau in dieses Haus mit der niedrig hängenden Balkendecke und den unebenen Böden in einem idyllischen Dörfchen in Südengland, andererseits durchkreuzte etwas an ihm dieses Bild, und das war nicht unbedingt der Ohrstecker. Wir hielten ihn zunächst für den Mann der kinderfreundlichen Frau. Er stellte sich als Henry vor und wich uns nicht mehr von der Seite.

„Mich stört es ja nicht, wenn die Kinder zuhören“, sagte Henry, als wir in den kühlen und feuchten Eingangsbereich traten, „im Gegenteil, aber manche Besucher finden die Geschichte dieses Hauses für Kinderohren unangemessen. Es gibt immer wieder Beschwerden. Diese Generation ist ja so verkrampft … kein Sinn für alternative Lebenskonzepte … immer so militant monogam … damals in den Siebzigern hingegen …“

Es wirkte, als ginge er, nachdem er etwas gesagt hatte, in eine Art Selbstgespräch über, jedoch ohne dabei zu nuscheln, man konnte ihn weiterhin gut verstehen, auch zeigte er, trotz seines Alters – ich schätzte ihn auf achtzig –, keinerlei Anzeichen von Senilität.

„Sind das Ihre Kinder?“, fragte er, während er uns durch zwei kleinere Räume führte. „Ach was, solche spießigen Fragen interessieren mich ehrlich gesagt gar nicht! Lassen Sie mich lieber in Ruhe damit, wer mit wem verheiratet ist und wer mit wem welche Kinder hat ...“

„Ist die Dame draußen Ihre Frau?“, konterte Sarah.

„Esther? Meine Frau?“ Er starrte uns auf einmal an, als hätten wir gefragt, ob er schon einmal mit einem Außerirdischen Cricket gespielt habe. „Guter Gott! Wir haben zwar ein Kind gemeinsam, aber was heißt das schon? Sind Sie heutzutage wirklich alle dermaßen verklemmt?“ Er schüttelte den Kopf. „Ich lernte sie in den Siebzigern in einer Kommune in Camden kennen, wo sie mit meiner damaligen Freundin und ein paar anderen Typen wohnte. Sie war schon damals lesbisch. Sie wollte ein Kind haben, da habe ich ihr eins gemacht. Rein aus Freundschaft. Künstliche Befruchtung war ja zu dieser Zeit noch nicht so in Mode. Aber ich würde das auch heute so machen. Natürliche Befruchtung sozusagen, hehe. Wozu zuerst in einer Ordination in einen Becher onanieren und das dann bei der Frau da unten reinspritzen? Das kostet eine Menge Geld, und außerdem gibt es wohl Schlimmeres als Vögeln. Oder meinen Sie nicht? Vögeln Sie etwa nicht gerne? Seitdem verstehen wir uns gut. Wir befinden uns hier übrigens in der Küche. Wie Sie sehen können, sind die Wände auch hier grün gestrichen, in der Lieblingsfarbe Virginias. Aber sie konnte nicht kochen, sie hasste Haushalt.“

„Hatte sie keine Kinder?“, fragte Sarah. Mir kam die Frage fehl am Platz vor.

„Virginia Woolf? Kinder?"

„Sie hatte ja einen Mann", insistierte Sarah.

„Ja, Leonard Woolf. Aber bei ihnen war es andersherum: Da gab es nicht ein uneheliches Kind, sondern eine kinderlose Ehe. Glauben Sie, es war vor hundert Jahren so leicht, nicht zu heiraten? Filme, Bücher, Lieder, die Kirche – sie alle reden uns ein, dass es normal sei, nur einen Menschen im Leben zu lieben, dass man nur zu zweit glücklich sein könne und der ganze Unsinn, dabei ist es doch ein Mythos, dass ein einziger Partner alle Bedürfnisse stillen kann, das wäre ja auch viel zu viel für eine Person. Monogamie kann doch nicht gesund sein … Außerdem ist das nur eine neumodische Erscheinung! Das gibt es erst seit hundertfünfzig Jahren! Im Rokoko war es ganz normal, es mit mehreren Partnern zu treiben. Ein Mensch hat doch genug Kapazitäten, nicht nur einen Menschen zu lieben … Wir müssen die Liebe ergreifen, wo immer sie sich uns zeigt … Dürfen uns nicht verschließen …"

Henry konnte innerhalb eines Satzes von dem dozierenden Tonfall eines Lehrers in einen Ausbruch von Jähzorn angesichts der verkommenen, monogam-heteronormativen Gesellschaft wechseln, die sich, feig und indoktriniert durch alte, weiße Cis-Männer, in das Korsett eines kleinbürgerlichen Familienmodells mit Vater-Mutter-Kind zwängen ließe, um im nächsten Moment wieder sanft und freundlich zu werden, ganz der nette, ehrenamtlich tätige Pensionist, dessen größtes Anliegen es war, Touristen die Sehenswürdigkeiten seiner Heimat zu zeigen.

„Virginia, Leonard und die ganze Bloomsbury-Gruppe haben das doch vorgelebt! Warum hat sich das nicht durchgesetzt?", fragte er, jedoch mehr sich als uns. „Ich verstehe das nicht ... Alle lesen sie die Bücher von diesen Leuten, aber niemand denkt auch nur eine Sekunde darüber nach, sich ihr Leben zum Vorbild zu nehmen ... Das ist mir ein Rätsel. Wenn man sich nur stark genug anstrengt, kann man sich aus den moralischen Zwängen befreien, man muss es nur wollen ... Immer nur mit dem gleichen Partner Sex haben, nein, das kann nicht gut sein ... Keine Eifersucht! So lautete die Grundregel. Garantie gibt es ja ohnehin keine. Schauen Sie sich doch nur mal die Scheidungsraten von heute an! So viel ist ein Versprechen vor dem Altar oder vor dem Standesamt wert ... Nichts als leeres Gerede."

„Man kann es zumindest versuchen", wandte Sarah ein. „Wenn man von Haus aus mit der Einstellung in eine Beziehung geht, dass es ohnehin nichts wird, dass man nur ein bisschen Spaß haben will, dann kann man es gleich lassen."

Stefan schien gelangweilt zu sein. Er schaute sich im Haus um wie jemand, der sich für eine Immobilie interessierte, aber längst die Entscheidung getroffen hatte, dass die, die er gerade besichtigte, nicht in Frage kam.

„Kann es nicht sein", fuhr Sarah fort, „dass manche Menschen einfach nur Angst haben, verletzt zu werden, wenn sie sich zu sehr binden und dann eine Beziehung zu Ende geht? Und deshalb nicht den Mut aufbringen für eine Paarbeziehung?"

„Glauben Sie etwa, dass Polyamorie keine Arbeit bedeutet? Damit das funktioniert, muss man sich Tag für Tag anstrengen", korrigierte sie Henry.

„Ich frage mich“, sagte ich leise zu Mona, „wie es Knausgård neben vier Kindern geschafft hat, so viele Tausend Seiten Literatur zu schreiben.“ Wir blieben zu zweit im Wohnzimmer zurück, vor dem Kamin, der umrahmt war von Büchern auf schiefen Holzregalen, während die anderen weitergingen.

„Bereust du es, Kinder zu haben?“, fragte Mona.

„Was? Nein, natürlich nicht!“ Für einen Moment war ich empört über diese Frage. „Du etwa?“

„Nein!“

„Und bereust du es, nicht in einem Polykül zu leben?“, wollte ich wissen.

„Aufregend wäre das schon“, sagte sie zwinkernd.

„Mir wäre das zu anstrengend.“

Henry schaute durch die Tür. „Ich störe nur ungern die traute Zweisamkeit, aber möchten Sie sich nicht den Rest des Hauses anschauen?“

„Das wollen wir auf keinen Fall verpassen“, sagte Mona. Sie ging voraus, Henry ließ mir den Vortritt und folgte uns. Mir schien, dass er dabei seinen Blick auf meinen Hintern heftete.

Mona und ich verhielten uns wie Schulkinder während einer Exkursion und tuschelten bei jeder Gelegenheit.

„Dein Knausgård erinnert mich ein wenig an dich selber“, sagte Mona, „mit seinem verzweifelten Bemühen, neben dem Wahnsinn des Familienalltags noch ein eigenes Leben zu führen. Zumindest aufgrund von dem, was ich bis jetzt gelesen habe.“

„Wie meinst du das? Das klingt nicht gerade schmeichelhaft.“

In dem Moment trat Sarah zu uns: „Kannst du bitte einmal zu den Kindern schauen? Stefan ist auch gerade zu Theo hinuntergegangen. Wer weiß, ob diese Frau wirklich gut auf sie schaut. Mittlerweile kommen mir da Zweifel …“

Tatsächlich. Stefan war nicht da. Das war mir gar nicht aufgefallen. Mona allem Anschein nach auch nicht.

„Ja, natürlich.“ Ich machte mich auf den Weg.

Die Kinder spielten im hinteren Teil des Gartens mit einer selbst gebastelten Schaukel, die an einem Ast befestigt war, einer Sandkiste und ein paar in die Tage gekommenen Holzfahrzeugen. Stefan kam mir entgegen. „Alles in Ordnung“, sagte er zu mir. Wir gingen wieder ins Haus zu den anderen.

„Nachdem die beiden pflichtbewussten Familienväter wieder da sind, können wir ja weitermachen“, empfing uns Henry. „Dieses Gemälde ist von Vanessa Bell, Virginias Schwester, wie die meisten in diesem Haus. Überhaupt stammt die Innenausstattung zum überwiegenden Teil von befreundeten Künstlern.“

Wir gelangten nun durch einen separaten Eingang über den Garten in Virginia Woolfs Schlafzimmer, das ihr zugleich als Arbeitszimmer diente, und standen vor einem schmalen Bett. Virginia und ihre Schwester Vanessa schliefen ihr Leben lang in Einzelbetten, klärte uns Henry auf. Wahrscheinlich habe sich das Ehepaar Woolf von Anfang an auf eine platonische Beziehung geeinigt. Auch Vanessa und ihr Gatte Clive Bell hätten vermutlich kein einziges Mal miteinander geschlafen.

„Auflehnung durch Enthaltsamkeit", flüsterte ich Mona zu.

Die Nichte Virginia Woolfs, Angelica Bell, heiratete, als sie erwachsen war, David Garnett, den ehemaligen Liebhaber ihres leiblichen, schwulen Vaters Duncan Grant, mit dem wiederum Vanessa zusammenlebte, nachdem sie Clive verlassen hatte, was dieser ihr aber keineswegs übelnahm, sondern das Kind, das nicht von ihm war, also Angelica, sogar seinen Namen tragen ließ, um die Forderungen der Gesellschaft zu befriedigen. David Garnett hingegen war zeitlebens mehr hetero als homo, und es sei wiederum fraglich, ob die beiden, also Angelicas Vater Duncan und ihr eigener Mann David, jemals Geschlechtsverkehr hatten. Sex hatte Virginia dafür wahrscheinlich mit ihrer Geliebten Vita Sackville-West, die ihrerseits mit dem hochrangigen Diplomaten und Teilzeithomosexuellen Sir Harold Nicolson eine offene Ehe führte.

„Immerhin", sagte Mona leise zu mir. „Ich dachte schon, die hätten vor lauter Sex-Theorie vergessen, Sex zu haben."

„Das ist wie Radfahren. So etwas verlernt man nicht", meinte ich.

„Wenn du das sagst."

Nach Virginias Selbstmord hatte Leonard Woolf unter der Woche eine Beziehung mit einer gewissen Trekkie Parsons, die wiederum am Wochenende mit Mr Parsons, ihrem Ehemann, eine Liebesbeziehung führte.

„Nennt man das dann eine Affäre mit dem eigenen Partner?", fragte ich Mona.

„Sei nicht so verklemmt, du alter, weißer Hetero."

„Der Bericht über unser Liebesleben wird jedenfalls etwas langweiliger ausfallen."

„Wart's ab."

Ehe ich an Monas Gesichtsausdruck ablesen konnte, ob sie das ironisch meinte, hatte sie sich abgewendet und war weitergegangen.

Wir waren wieder beim Eingang angelangt und standen auf dem Kies vor dem Haus. Emma, Jakob und Theo kamen vom anderen Ende des Gartens auf uns zugerannt, Theo mit ausgebreiteten Armen voran und jubilierend: „Mama! Mama!" Jakob stolperte mit einer Schaufel in der Hand zu mir, ich hob ihn hoch und ließ ihn auf der Höhe meines Kopfes ganz kurz los, sodass er für einen Augenblick in der Luft hing, was ihn zum Lachen brachte. Emma trottete als Letzte heran: „Können wir nicht noch bleiben? Ich spiele noch. Nur ein bisschen?"

„Verstehen Sie langsam das Konzept der Polyamorie?", fragte Henry zum Abschluss.

„Ich verstehe vor allem, weshalb Ihre Freundin, die Mutter Ihres Kindes, oder wie sie auch immer korrekt bezeichnet werden will, unsere Kinder vor Ihnen in Sicherheit gebracht hat", stellte Sarah fest.

Ein Erfolg wurde dann auch der Indoor-Spielplatz, zumindest aus Sicht der Kinder. Es war eine viel zu kleine, viel zu laute Halle im Erdgeschoß eines Einkaufszentrums am Stadtrand von Brighton, in dem bei Regenwetter, wie wir hätten wissen müssen, viele Familien mit Kleinkindern Zuflucht suchten. Der Teppichboden war feucht und roch muffig und die Wände waren an manchen Stellen verdächtig frisch gestrichen, als hätte jemand Schimmel übermalt, was wahrscheinlich auch stimmte.

Emma, Jakob und Theo fanden sich sofort zurecht, stritten zwar das eine oder andere Mal um ein Spielzeug, hielten aber zusammen, wenn es darum ging, die Spielküche oder das Puppenhaus gegen andere Kinder zu verteidigen. Als ein etwa vierjähriger Bub Jakob und Theo einen Lkw mit Anhänger wegnehmen wollte, fragte Stefan, ob wir denn nicht einschreiten sollten, aber Sarah und ich vertraten diesbezüglich die Ansicht, dass die Kinder das selbst regeln sollten. Und tatsächlich schaltete sich Emma ein, wies mit erhobenem Zeigefinger den Buben zurecht und eroberte den Lkw zurück.

Mona hatte sich mit ihrem Laptop in ein Café zurückgezogen, um einige berufliche Mails zu beantworten. Mein intuitiver Gedanke war, einfach mit ihr mitzugehen und zu behaupten, ebenfalls einige Mails schreiben zu müssen, aber Sarah wusste sehr wohl, dass ich im Sommer so gut wie keine Aufträge hatte. So blieben Sarah, Stefan und ich bei den Kindern.

Im Laufe der nächsten zwei, drei Stunden, in denen wir den Kindern beim Spielen zuschauten, kramte ich immer wieder mein Handy hervor und startete mehrere Versuche, Mona eine Nachricht zu schreiben. Sie hatte ihr Handy dabei, das wusste ich, und würde die Nachricht wahrscheinlich auch gleich lesen, da sie ja mit Stefan abgemacht hatte, er würde sie benachrichtigen, wenn es Schwierigkeiten geben würde. Ich wollte ungezwungen klingen, wie nebenbei.

Ich: Und, erholst du dich gut von den Kindern?

Ich löschte die Nachricht wieder.

Ich: Und, wie schmeckt der Kaffee bei dir? Knausgård trinkt übrigens auf jeder Seite mindestens einmal Kaffee und geht einmal hinaus rauchen.

Auch das löschte ich wieder. Was sollte ich schreiben, ohne dass es zu offensichtlich war, dass ich nur schrieb, um zu schreiben?

Ich: Ach, Mona …

Stefan und Sarah tippten und wischten auf ihren Handys herum und achteten nicht auf mich. Ich ließ den Entwurf stehen, legte das Handy aber nicht weg und schaute zum Spielbereich. Jakob kletterte gerade die drei Sprossen zu einer Minirutsche aus Plastik hinauf, blieb oben stehen und wartete mit dem Hinunterrutschen so lange, bis sich hinter ihm eine Schlange aus ungeduldigen Kindern gebildet hatte.

Ich löschte die beiden Wörter wieder.

Heute waren Sarah und ich an der Reihe mit dem Abend im Pub. Ich hatte meine Bedenken. Würde mich Sarah auf Mona ansprechen? Auf unseren Strandspaziergang zu zweit vor zwei Tagen? Dass wir bei jeder sich bietenden Gelegenheit das Gespräch unter vier Augen suchten? Andererseits hatte ich nie ein Geheimnis daraus gemacht, dass ich mich mit Mona gut verstand und schon seit längerer Zeit wieder vermehrt Kontakt zu ihr hatte.

Sarah und ich setzten uns nicht an die Bar, sondern an einen gedeckten Tisch an der Wand. Es war eine andere Kellnerin als gestern, worüber ich erleichtert war. Sie zündete die Kerze in der Tischmitte an und gab zuerst Sarah und dann mir die Speisekarte in die Hand.

„Wir möchten nur etwas trinken", sagte Sarah.

„Natürlich." Die Kellnerin nahm uns die Karten wieder weg. Für einen Moment hatte ich den Eindruck, unser Ansehen sei in ihren Augen um eine Stufe gesunken oder sie überlege sogar, uns den Tisch wieder wegzunehmen, um ihn abendessenden Gästen zu überlassen. Als wollten wir etwas wiedergutmachen, bestellten wir einen teuren Rotwein.

Waren wir nun auch eines dieser Paare, die man in Restaurants und Cafés antraf und die einander schweigend gegenübersaßen? Meistens waren es ältere Paare. Sie kommentierten die Qualität des Rotweins oder hatten etwas am Essen auszusetzen. Und bestellten sich noch ein Achtel.

Aber wir schwiegen nicht. Wir ließen den Tag Revue passieren und fanden, dass wir ihn im Grunde doch recht passabel gemeistert hatten und dass die Kinder Spaß hatten – „ein solides Befriedigend", zog Sarah als Fazit. Mona erwähnte sie mit keinem Wort. Warum auch? Wir rätselten, wann wohl Jakob die ersten Drei-Wort-Sätze sprechen würde, er war ja immerhin fast zwei Jahre alt, angeblich würden manche Kinder zu Beginn des dritten Lebensjahres sogar schon komplexere Sätze bilden, aber Jakob müsse sich ja nicht nach dem Lehrbuch entwickeln, waren wir uns einig. Emma sei zwar stur, wir dürften sie nicht immer ihren Willen durchsetzen lassen, sie stecke Jakob und Theo damit an, dass Kinder von Natur aus nur Spaghetti und Pommes Frites vertragen würden und dass Gemüse, ganz grundsätzlich alles Grüne schädlich sei, an Misshandlung grenze – aber alles in allem entwickle sie sich gut, kamen wir überein. Anscheinend würden wir doch nicht alles falsch machen.

„Theo hat bis jetzt aber keinen solchen Wutanfall gehabt wie unsere Kinder", wandte ich ein.

„Es ist ja auch leichter mit einem Kind, da steht es immer zwei zu eins für die Eltern. Außerdem ist er ein wenig eingeschüchtert durch unsere."

„Stimmt."

Die Geschichten, die der alte Henry uns in Monk's Haus aufgetischt hatte, stellten kein Gesprächsthema mehr für uns dar. Früher wäre das anders gewesen, da hätten wir noch das Konzept der Polyamorie ausgiebig diskutiert, uns wahrscheinlich darüber lustig gemacht und uns versichert, dass das nichts für uns sei. Warum taten wir das jetzt nicht mehr? Hatten wir uns wirklich so sehr verändert? Wann hatten sich unsere Interessen so weit voneinander entfernt? War das mit Jakobs Geburt geschehen? Oder schon mit Emma – oder sogar noch früher, ohne dass wir es gemerkt hatten? Fiel Sarah meine Annäherung an Mona wirklich nicht auf? Oder war es ihr einfach nur gleichgültig? Die Polyamourösen von Bloomsbury hätten mich ausgelacht. Für die hatte es nicht einmal etwas zu bedeuten, mit jemandem zu schlafen, was hieß da schon ein Spaziergang zu zweit und ein Tuscheln. Ich lebte hochgradig monogam mit Sarah. Seit vierzehn Jahren, seitdem wir uns gegen Ende des Studiums kennengelernt hatten. Ich hatte sie nie betrogen, und ich war mir sehr sicher, sie mich auch nicht. Das waren unausgesprochene Tatsachen zwischen uns. So wie wir auch sonst die meisten Entscheidungen getroffen hatten, ohne uns groß abzusprechen. Und fast immer waren es die richtigen Entscheidungen. Wir hatten zum Beispiel nie ausdrücklich über Familiengründung und Kinder geredet, wir schmiedeten keine Pläne diesbezüglich, wie das andere taten. Als Sarah Anfang dreißig war, hörte sie auf, die Pille zu nehmen. „Warum sollte ich das meinem Körper länger antun?“, erklärte sie. „Wir sind keine Studenten mehr, wir haben einen Beruf. Du bist sogar schon dreiunddreißig. Ein Kind wäre auch nicht ganz verkehrt jetzt.“ Ich bewunderte Sarahs unsentimentalen, pragmatischen Zugang zu diesem Thema. Ich sah das genauso, und wir stiegen auf Kondom um. Während eines Urlaubs in Skandinavien, wir waren mit einem Mietauto irgendwo in Lappland unterwegs, waren uns die Kondome ausgegangen und wir hatten auch keine Möglichkeit, welche zu kaufen. Nach diesem Urlaub hörten wir einfach auf zu verhüten. Auch dafür beriefen wir keinen Familienrat ein. Wir kannten einander gut genug und wussten, was der andere dachte. So kam es wenig später zu einem positiven Schwangerschaftstest. Zu heiraten schlug dann doch ich vor, auch wenn das kein klassischer Heiratsantrag war: „Jetzt, wo wir Eltern werden, regelmäßig Geld auf unser Konto kommt, wir eine gemeinsame Wohnung haben, da könnten wir doch auch gleich – na ja, du weißt schon.“ Sarah strahlte mich an, mit ihrer Hand über ihren Bauch streichelnd, und ehe noch eine Kugel und dann Emma daraus wurde, waren wir auch schon auf dem Standesamt. Eine große Feier mit kirchlicher Trauung und Hochzeitstafel stand nicht mehr zur Debatte, Sarah war da schon im sechsten Monat.

Ja, Pauline war die letzte Frau vor Sarah, mit der ich geschlafen hatte. Hier in Brighton. Immerhin, Virginia Woolf und ihre Schwester Vanessa hatten mit ihren Männern höchstwahrscheinlich überhaupt keinen Sex. Dafür schliefen sie in Einzelbetten und hatten in der Nacht ihre Ruhe. Was wohl mit Pauline war? Hatte sie Kinder? Sie war ja mittlerweile auch Ende dreißig.

„Emma hat sich heute auf dem Indoor-Spielplatz richtig liebevoll um Theo gekümmert", sagte Sarah.

Waren die gemeinsamen Kinder wirklich das einzige, das letzte Bindeglied, das zwischen Sarah und mir geblieben war?

„Das hätte sie vor einigen Monaten nicht gemacht, da hätte sie ihm nur die kalte Schulter gezeigt", antwortete ich.

„Als Daniela uns vorgeladen hat, weil Emma diesen kleinen Knilch gebissen hat, habe ich mir Sorgen gemacht."

Daniela war die Leiterin von Emmas Kindergartengruppe und den kleinen Knilch und Emma verband eine Art Hassliebe, die sich auf uns Eltern übertrug – vielleicht war es auch umgekehrt und die Kinder projizierten, wie man so sagt, den Konflikt der Eltern auf sich. Dabei hatten wir gar keinen Konflikt, zumindest ich nicht, mir waren die Eltern von dem Kleinen gleichgültig, Sarah aber ließ sich immer wieder auf Sticheleien mit der Mutter ein, was zu kleineren Schubsereien zwischen den Kindern und schließlich zu dem Biss durch Emma in den Oberarm des Knilchs führte.

„Das hatte ich schon beinahe vergessen", sagte ich. „Gott sei Dank ist das nie wieder vorgekommen."

Sarah und ich machten das in letzter Zeit öfter, dass wir Themen anschnitten, bei denen wir uns einig waren, bei denen wir uns als Familie, als Paar bestätigt fühlen konnten. Wozu auch erneut den Suppenstreit oder gar den Eklat um den verregneten Strandausflug aufwärmen? Wieder einmal ohne uns abzusprechen, gönnten wir uns eine Feuerpause. Ja, wir waren funktionierende Eltern. Aber war das alles?

Wir tranken unser zweites Glas Wein aus.

„Lass uns gehen, Max“, sagte Sarah, „ich bin müde. Und ich will nicht, dass wir nicht da sind, wenn die Kinder wach werden.“

„Ja, du hast Recht.“

Wir bezahlten, standen auf und ich half Sarah in die Sommerjacke. Als sie dabei ihren Kopf gegen meinen Hals legte und in dieser Situation für einen Moment innehielt, durchzuckte es mich – diese Nähe, die ich nicht mehr gewohnt war, traf mich unvorbereitet. Dann gingen wir wortlos auf den Parkplatz zum Auto.

Mona und Stefan saßen auf der Couch und schauten fern, mit niedriger Lautstärke, vor ihnen eine Schüssel Chips. Sie hätten beinahe das Bild eines glücklichen Ehepaares abgegeben.

„Ihr seid schon wieder da?“, fragte Stefan.

Unwillkürlich warf ich einen Blick auf ihre Hände und war erleichtert, als ich erkannte, dass jeder seine Hände im eigenen Schoß hatte.

Das erste Mal, dass wir, seit Emma auf der Welt war, einen Abend nicht zu Hause verbrachten, war, als wir vor mittlerweile dreieinhalb Jahren zur Hochzeit eines befreundeten Paares eingeladen waren. Davor hatten wir uns monatelang in der Wohnung verbarrikadiert, als dürfte man als Eltern nur mehr zum Arbeiten und Einkaufen außer Haus. Wir hatten zu Julia und Mario in den vergangenen Jahren nur mehr wenig Kontakt gehabt, und so wäre das eine gute Gelegenheit, sagten wir uns, die Freundschaft wieder aufleben zu lassen. Wir überreichten unser Geschenk, umarmten die beiden und gaben ihnen ein paar zwanghaft humorvolle Tipps für das Eheleben. Im Laufe des Abends könnten wir uns ja noch in Ruhe unterhalten, wozu es natürlich nicht kam. Beim Verabschieden kurz vor Mitternacht versicherten wir uns noch gegenseitig, dass wir unbedingt in Kontakt bleiben würden, einige Wochen darauf bekamen wir eine Dankeskarte, aber danach hörten wir nichts mehr von Julia und Mario. Sie auch nicht von uns.

Wir saßen mit sechs anderen Hochzeitsgästen an einem Tisch. Sarah, die an diesem Abend aufblühte und das gesellschaftliche Leben nach der monatelangen Abstinenz genoss, ergriff die Initiative und schlug vor, da wir einander nicht kannten, uns der Reihe nach vorzustellen. Ich fand die Idee gut und war mir sicher, dass die anderen das auch so sahen, aber ich selbst hätte diesen Vorschlag niemals geäußert, es wäre mir viel zu peinlich gewesen. Es hatte ein bisschen etwas von einem Spiel und passte dadurch ganz gut zu der Stimmung, die sich nach dem feierlichen und ernsten Akt in der Kirche langsam löste. Auch die Agape direkt im Anschluss auf dem Kirchenvorplatz war noch geprägt gewesen von einer gewissen Gezwungenheit, man stand, bewusst oder unbewusst, weiterhin im Bann der eben erst vollzogenen Zeremonie zwischen zwei

Menschen, die vor allen versprochen hatten, für immer zusammenzubleiben, was auch immer das heißen sollte. Die ersten Gläser Sekt und Prosecco sowie dann die Empfangsdrinks beim Abendessen brachten schließlich Entspannung. Die Männer begannen, sich ihrer Sakkos zu entledigen, manche auch ihrer Krawatten, man spähte hoffnungsvoll in Richtung der Doppeltür, hinter der das Essen vorbereitet wurde.

„Na gut, ich fange an", sagte ein Mann ungefähr in meinem Alter, mit Hornbrille und Hipster-Bart. Sein Anzug war enganliegend, ich vermutete, er war maßgeschneidert. „Wir wollen ja alle wissen, mit wem wir es die nächsten Stunden zu tun haben." Er grinste. „Ich heiße Josef, ich mag Erdbeereis und ich spiele in meiner Freizeit Federball."

Die Frau neben ihm schüttelte den Kopf, wobei ihr aber die Aussage offensichtlich gefiel, und sagte: „Mein Name ist Mathilda. Ich arbeite als Nachhaltigkeitsbeauftragte bei einem Start-up für digitale Events und wohne mit Josef in Wien. Im siebenten Bezirk. Ich kenne Julia vom Studium."

„Also gut. Ich heiße wirklich Josef, mit f, habe aber nichts mit dem von der Maria zu tun, hehe, Erdbeereis mag ich auch keins, dafür bin ich IT-Berater bei einer internationalen Firma. Und ich wohne auch im siebenten Bezirk." Er grinste Mathilda an, und bereits beim zweiten Mal ging mir sein Grinsen auf die Nerven.

„Ich bin Sarah, das hier ist mein Mann." Sarah legte ihre Hand an meinen Oberarm, wobei sie ihn mit dem Daumen sanft streichelte, und machte eine Pause.

Ich sagte: „Max."

„Und wir haben gemeinsam ein Kind, das hier irgendwo sein sollte.“ Bei den letzten Worten schaute sie sich um, auch ich ließ meinen Blick durch den Speisesaal schweifen. Die Kinderbetreuung war in einem separaten Raum. „Die kleine Emma ist anderthalb. Mal sehen, wie es heute läuft. Es ist das erste Mal, dass sie so spät am Abend fremdbetreut wird.“

„Entzückend“, fand Josef.

„Das wird bestimmt gut gehen“, sagte eine der beiden anderen Frauen am Tisch, „und wenn nicht, die Betreuerin weiß ja, wo sie die Mama findet.“

„Oder den Papa“, warf ich ein. Mich ärgerte es, besonders damals, in meinen ersten ein, zwei Jahren als Vater, wenn andere wie selbstverständlich davon ausgingen, dass die Mutter die erste Ansprechperson eines Kindes sei.

„Meine sind auch in der Kinderbetreuung. Sie sind ganz begeistert“, sagte sie.

„Ich bin noch bis Herbst in Karenz“, fuhr Sarah fort, die noch nicht fertig war, „dann kommt die Kleine in die Krabbelstube und ich gehe wieder arbeiten. Hoffentlich ist sie bis dahin abgestillt.“

Mathilda schaute bei dem Wort „abgestillt“ angewidert.

„Und was macht Moritz so?“, fragte mich Josef.

„Max“, sagte ich.

„Auch gut.“

„Macht nichts. Ich bin freiberuflicher Übersetzer und Lektor.“

„Wie viele Kinder hast du denn?“, wollte die Frau schräg gegenüber, die bis jetzt noch nichts gesagt hatte, von der Mutter der Siebenjährigen wissen.

„Vier. Ich heiße übrigens Petra und bin Mutter und Hausfrau." Sie strahlte, während sie das sagte, als wäre das das Selbstverständlichste auf der Welt. Für einen Moment hatte sie etwas Provokantes, Aufdringliches. Sie sprach im Tiroler Dialekt, was diesen Eindruck noch verstärkte, obwohl sie sich offensichtlich Mühe gab, Standarddeutsch zu sprechen. Jetzt bemerkte ich das Kreuz, das an ihrem Hals baumelte. Nicht übertrieben groß, aber trotzdem für jedermann gut sichtbar. Konnte sie ihre Religiosität nicht für sich behalten?

„Dann kannst du ja deine eigene Kindergartengruppe hier aufmachen", bemerkte Josef süffisant.

Hausfrau, vier Kinder, katholisch, Tirolerin – das war schon ein Statement. Trotzdem fand ich, dass Josefs Bemerkung übers Ziel hinausschoss.

„Gleich vier, hörst du, Josef?", sagte Mathilda. „Und wir zerbrechen uns den Kopf wegen einem."

„Es sind eigentlich nur drei hier, der Älteste ist schon siebzehn und macht derzeit ein Praktikum, er muss am Montag um fünf aufstehen, deshalb ist er zu Hause geblieben. Aber unsere Töchter, dreizehn und sieben, und unser Jüngster, der ist gerade vier geworden, sind hier."

Ich überlegte, wie alt sie sein mochte. Sie wirkte auf jeden Fall jung, wenn ich daran dachte, wie sehr uns die anderthalb Jahre Elternschaft altern gelassen hatten. Besonders Sarah fühlte sich stark mitgenommen, das Stillen hatte sie vollkommen ausgelaugt. Wir schliefen viel zu wenig und sehr schlecht, mit dem Haushalt kamen wir nicht nach, die Schmutzwäsche türmte sich tagelang auf dem Boden neben der Waschmaschine, das saubere Geschirr räumten wir oft gar nicht mehr in den Schrank ein, sondern nahmen es direkt aus dem Geschirrspüler. Wenn ich Fotos von uns beiden aus dem letzten Jahr anschaute, wirkten wir zermürbt, mit Ringen unter den Augen, gekrümmtem Rücken, erholungsbedürftig. Aber trotzdem, wir funktionierten, wir waren ein Team, das zwar keine Glanzleistung ablieferte, das sich aber wacker schlug. Petra hingegen als vierfache Mutter strahlte und saß aufrecht, als hätte sie den Stiel des Besens geschluckt, mit dem sie jeden Abend das Nest ihrer Familie kehrte und vielleicht sogar noch ein Kirchenlied dazu summte.

Es wurde immer lauter um uns, auch an den anderen Tischen unterhielten sich mittlerweile die Gäste, Getränkebestellungen wurden aufgegeben und Sessel gerückt. Die Frau und der Mann vis-à-vis drohten dem Gespräch, das gerade erst im Entstehen begriffen war, auch schon wieder abhandenzukommen. Sie lehnte sich zwar vor, tat sich aber sichtlich schwer damit zu folgen. Der Mann hingegen schien kein sonderliches Interesse zu zeigen, sondern studierte die Menükarte. Die beiden wechselten kein Wort miteinander. Vielleicht hatten sie gerade eine Krise, überlegte ich. Oder die Frau fühlte sich von der Hochzeit inspiriert und hatte den Wunsch geäußert, auch zu heiraten.

Ich hatte meinen Arm um Sarah gelegt, nachdem sie mit ihrem Sessel nah an mich herangerückt war. Ihr mit Haarspray in Form gebrachtes Haar verfing sich in meinem Dreitagebart. Sarah hatte sich für die Hochzeit hergerichtet, sie war beim Friseur gewesen, sie hatte ihr Abendkleid hervorgeholt und gebügelt – es war ein zweiteiliges Kleid, damit sie Emma bei Bedarf stillen konnte. Zum ersten Mal seit ihrer Schwangerschaft trug sie wieder Stöckelschuhe.

„Ihr habt also keine Kinder?", fragte ich Mathilda.

„Nein. Das heißt – noch nicht. Wir haben diesbezüglich noch keine endgültige Entscheidung getroffen. Derzeit würde es jedenfalls nicht gut in unser Lebenskonzept passen. Josef hat soeben die Leitung eines wichtigen Projekts übernommen, das Start-up, in dem ich arbeite, expandiert."

„Außerdem haben wir eine Wohnung, um die uns viele beneiden", ergänzte Josef. „Tolle Lage. In ein paar Minuten sind wir überall: Auf der Mariahilfer Straße, im Bio-Supermarkt, im Arthouse-Kino. Wir erreichen alles mit dem Fahrrad. Wir haben gar kein Auto. Das war ziemlich mühsam, hierher in die Provinz zu kommen. Gut, dass sie einen Shuttle organisiert haben."

„Wenn wir ein Kind bekommen, müssen wir eine größere Wohnung suchen", sagte Mathilda.

„Das überlegen wir uns noch." Josef war auf einmal nicht mehr so entspannt wie vorhin. „Wie gesagt, das alles leichtfertig aufzugeben, wäre fahrlässig."

„Na ja, drei Zimmer …", warf Petra ein und lachte. „Wir sind zu sechst und haben insgesamt vier Wohnräume in einem ausgebauten Dachgeschoß. Im selben Haus wohnen unter uns auch noch meine Eltern und meine Großeltern. Und das geht sich alles ganz gut aus."

Ihr Mann nickte neben ihr. Er hatte bis jetzt nichts gesagt, schaute sie aber, wenn sie redete, wie ein Jungverliebter von der Seite an und schien ihr in allem zuzustimmen.

„Das ist übrigens Stefan, mein Mann."

„Hallo", sprach der.

Ich suchte unter dem Tisch Sarahs Oberschenkel und schob meine Hand Richtung Innenseite. Sarah gewährte mir einige Zentimeter, dann fing sie meine Hand ab, hielt sie fest und spielte mit meinen Fingern.

„Entschuldigung, ich hoffe, es ist nicht zu aufdringlich", sagte nun die Frau von gegenüber, die wieder einen Versuch unternahm, sich in das Gespräch einzuklinken. „Aber sind das alles auch deine Kinder?"

„Wie meinst du das?", fragte Stefan.

„Ja, natürlich", lachte Petra, die die Frage sofort verstand. „Er ist mein Mann und der Vater meiner Kinder."

Wie alt war Petra? Bei vier Kindern musste sie eigentlich mindestens vierzig sein. Wenn der Älteste siebzehn war, musste sie laut meiner Berechnung dreiundzwanzig gewesen sein, als sie ihn auf die Welt gebracht hatte. Sie hatte sich aber etwas Jugendliches bewahrt.

„Ich habe mich noch gar nicht vorgestellt", sagte nun die Frau gegenüber. „Ich heiße Ingrid. Ich kenne Julia seit der Kindheit, schon unsere Eltern waren befreundet. In den letzten Jahren haben wir uns aber aus den Augen verloren, ich war beruflich viel im Ausland. Ich bin Literaturwissenschaftlerin und habe zuerst in Wien studiert, dann in Berlin promoviert und drei Jahre lang eine Post-Doc-Stelle in Basel gehabt. Danach habe ich in Greifswald ein Projekt über die Rezeption des Baltikums in der deutschsprachigen Literatur der Schweiz im 18. Jahrhundert initiiert und dafür Drittmittelgelder akquiriert … Ach egal, das interessiert niemanden, entschuldigt." Es interessierte wirklich niemanden. Der Mann neben ihr starrte vollkommen teilnahmslos, nicht einmal gelangweilt, an der Menükarte vorbei ins Nichts.

„Du bist eigens aus Greifswald für die Hochzeit angereist?", wollte Sarah wissen und löste ihre Finger von meinen.

„Nein, ich wohne wieder in Wien. Das heißt, ich suche gerade eine passende Wohnung. Ich meine, ich bin jetzt Anfang vierzig und würde gerne langsam sesshaft werden. Eine feste Stelle, vielleicht Familie, wenn es dafür noch nicht zu spät ist …"

Ein kurzer Moment der Betroffenheit trat ein. Ich rechnete wieder nach. Anfang vierzig. Ich war zwar kein Gynäkologe, aber wenn sie Kinder haben wollte, zumindest einmal eines, konnte man durchaus sagen, dass das Ticken der Uhr nicht mehr zu überhören war.

„Ihr zwei seid also gar nicht zusammen?", platzte es aus Mathilda heraus. Allen am Tisch war klar, dass diese Frage unangebracht war, nicht zuletzt Mathilda selbst. Es war offensichtlich, dass das Brautpaar die beiden nebeneinander platziert hatte, um sie miteinander zu verkuppeln.

„Nein, sind wir nicht", bestätigte ihr Tischnachbar, der mitbekommen hatte, dass es auch um ihn ging.

„Und du bist?", fragte Josef.

„Thomas. Ich war mit Mario in der Schule." Er nahm die Rotweinflasche, die in der Zwischenzeit vom Kellner gebracht worden war, schenkte sich ein und stellte sie zurück in die Tischmitte. Ingrid griff ebenfalls nach dem Wein, goss ihr Glas bis zum Rand voll und nahm gleich einen Schluck, als hätte sie von der Kurzfassung ihres Lebens Durst bekommen.

Ich hatte es befürchtet. Josefs Augen funkelten vor Freude: „Lass mich raten: Auch Single?“ Und dabei schaute er mit seinem Grinsen von Thomas zu Ingrid und von Ingrid wieder zurück zu Thomas. Dieser antwortete nicht, sondern schaute sich gelangweilt im Saal um.

Es war die übliche Hochzeitstafel. Nach dem Hauptgang kamen die obligatorischen Reden – vom Brautpaar, von den Eltern, von den Trauzeugen, und als alle schon dachten, es sei vorüber, stießen noch drei weitere Gäste mit der Gabel gegen ihr Glas, weil sie der Meinung waren, sie müssten dem Brautpaar ebenfalls Ratschläge mit auf den gemeinsamen Lebensweg geben. In der Zwischenzeit hatte es meine Hand geschafft, sich unter dem Tisch doch noch bis zur Innenseite von Sarahs Oberschenkel vorzuarbeiten, wo sie mich sogar ein wenig spielen ließ. Mathilda erkundigte sich bei jeder Speise, die ihr serviert wurde, ob sie denn auch wirklich vegan sei und nicht nur vegetarisch, der Kellner versicherte ihr jedes Mal, dass dem so sei, nur beim Dessert – einer Mango-Mousse mit Heidelbeeren – schickte Josef ihn, der aufgrund der Schokostreusel misstrauisch geworden war, zurück in die Küche. Und tatsächlich, die Streusel stammten von einer Milchschokolade!

Josef und Mathilda, mit denen wir uns, da sie neben uns saßen, mehr unterhielten, als uns eigentlich lieb war, waren nicht verheiratet, auch nicht standesamtlich. Ehe sei überholt, spießbürgerlich, man brauche so etwas heutzutage nicht mehr, betonte Josef dogmatisch, man könne ja nie sagen, wie lange eine Beziehung wirklich halte. Deswegen seien Kinder im Grunde auch ein gewisses Risiko. Wenn sie einmal da seien, könne man sich nicht mehr so leicht trennen, er wolle gar nicht wissen, wie viele Paare nur zusammenblieben, weil sie durch Kinder aneinandergekettet seien. Sie beide lebten in einer eingetragenen Partnerschaft und hätten sogar eine Verpartnerungszeremonie gefeiert. Die habe sich kaum von einer Hochzeit wie dieser hier unterschieden, ergänzte Mathilda.

„Dann hättet ihr ja gleich heiraten können." Josef und Mathilda überhörten meine Bemerkung.

Es war ruhig geworden im Saal. Viele der Gäste waren nach draußen gegangen, um frische Luft zu schnappen oder zu rauchen, andere saßen, erschöpft vom Reden, Essen, Trinken und Tanzen, schweigend an den Tischen. An unserem waren außer Sarah, mir und dem verpartnerten Paar noch Ingrid und Petra anwesend. Thomas war seit längerem verschwunden – sein Sakko hing noch über der Sessellehne – und Stefan schaute nach den Kindern. Emma war schon zwei Mal durch die Betreuerin zu uns gebracht worden. Sie kletterte sofort auf Sarahs Schoß – natürlich musste ich Platz machen – und versuchte sich Zugang zu ihrer Brust zu verschaffen. Sarahs Voraussicht machte sich nun bezahlt, da sie schnell und ohne großes Aufsehen ihr Oberteil hochschieben konnte, um Emma zu stillen. Mathilda schaute peinlich berührt weg. Ich hatte mich daran gewöhnt. Danach erklärte sich Emma wieder bereit, zu den anderen Kindern zurückzukehren. Aber uns war bewusst, dass sich unser

Abend dem Ende zuneigte. Es war kurz nach zehn, Emma hielt erstaunlich lange durch.

Irgendetwas war an Petra, das nicht in das Bild passte, das ich mir beim ersten Eindruck von ihr als einer prüden, langweiligen, katholischen Hausfrau ohne jegliche Forderungen ans Leben gemacht hatte. Vielleicht lag das auch an der Selbstverständlichkeit, mit der sie von ihrer Rolle als Mutter und ihrer Familie als Geschenk Gottes sprach. Sie meinte das wirklich so und verwendete solche Wörter, es war nichts Heuchlerisches daran und sie sagte das offensichtlich auch nicht, um uns, allen voran Mathilda und Josef, damit zu provozieren. Sie war der festen Überzeugung, dass Gott sie und ihren Mann zusammengeführt hatte und ihre Ehe unter seinem Schutz stand.

„Aber mich selbst heiraten … Das ist auch keine Lösung", kam es auf einmal von Ingrid. Sie hatte sich bis jetzt kaum in das Gespräch eingebracht, goss sich dafür aber in regelmäßigen, immer kürzer werdenden Abständen Rotwein nach. Es schien ein wenig, als würde sie ein Selbstgespräch, das bis dahin in ihrem Kopf stattgefunden hatte, nun laut fortführen. „Auch wenn mir das Henriette immer einreden will … Soll sie das doch machen, wenn es für sie passt. Mir reicht die derzeitige Sologamie im Schlafzimmer."

„Wer ist Henriette?", fragte Sarah.

Ingrid schaute uns an, ihre Augen waren leicht glasig. Sie bezog uns in ihr Selbstgespräch mit ein. „Henriette ist meine Chefin an der Uni Greifswald. Das heißt, meine ehemalige Chefin … Sie sagt, man könne, noch dazu als Frau, in der Wissenschaft nur Karriere machen, wenn man auf

Familie verzichte. Viele sind ja lesbisch. Oder asexuell. Oder aromantisch. Was auch immer. Das ist am besten, da hat man am meisten Zeit fürs Forschen und ist nicht abgelenkt durch primitive Triebe. Na ja, Henriette hat einfach sich selbst geheiratet."

„Rechtlich ist das nicht möglich, auch nicht in Deutschland, soweit ich weiß", warf Josef ein. „Man kann aber natürlich sologam leben." Das Wort übte anscheinend eine gewisse Faszination auf Josef aus.

„Eine eingetragene Partnerschaft mit sich selbst geht auch nicht?" Meine Frage wurde wieder überhört.

„Sie hat auf jeden Fall eine Feier gemacht und uns alle eingeladen, sie hat ein weißes Kleid angezogen, es gab eine Torte ... ‚Ingrid, Schätzchen, lass das doch mit den Männern und den Frauen, die bringen nur Enttäuschungen und stehlen deine Zeit', hat sie zu mir gesagt."

„Männer und Frauen?", wollte Mathilda wissen.

Ingrid schaute sie fragend an.

„Ich meine, ob du auch mit Frauen was hattest. Oder hast."

Jetzt wiederum schaute Josef Mathilda fragend an.

„Ach so, nein ... Wie gesagt, derzeit ist wenig los diesbezüglich ..."

„Platonische Sologamie sozusagen ...", erklärte ich.

Stefan kehrte zurück an den Tisch, setzte sich und gab Petra einen Kuss hinters Ohr. „Alles in Ordnung. Die Kinder sind glücklich." Und zu Sarah und mir: „Laura, unsere Dreizehnjährige, hat sich ganz in Emma vernarrt."

„Wer ist Emma?", fragte Josef skeptisch.

„Unsere Tochter“, sagte ich. „Macht nichts.“

„Aber ein Kind adoptieren will ich auch nicht“, fuhr Ingrid fort. „Es soll mein eigenes Fleisch und Blut sein.“

„In-vitro-Fertilisation?“, schlug Mathilda vor.

„Das ist ja für Singles untersagt hierzulande!“, belehrte sie Josef. „Eine der weiteren Diskriminierungen. Dazu müsste sie zumindest eine Partnerin haben.“

„Wie wäre es ganz altmodisch mit einem One-Night-Stand?“, fragte Sarah. „Macht wenigstens auch ein bisschen Spaß.“

„Der müsste dann allerdings schon mit einem Mann sein, damit es klappt …“, ergänzte ich. Sarah boxte mir mit der Faust in den Oberschenkel.

„Irgendwann ist es halt zu spät …“, sagte Stefan. Obwohl es wahrscheinlich nicht in seiner Absicht lag, hatte diese Aussage etwas Hartes, wie ein Urteil, das über Ingrid gefällt wurde. Es sagte zunächst niemand etwas.

„Ich finde nach wie vor“, beendete Mathilda den kurzen Moment der Betroffenheit, „dass es eine Frechheit ist, dass Singles nicht adoptieren dürfen.“

„Also wenn ihr einmal ein Kind habt, würde ich gerne Zeit mit ihm verbringen“, sagte Ingrid. „Ich könnte zum Beispiel einmal in der Woche in den Zoo mit ihm. Oder es vom Kindergarten abholen. Dann hätten wir alle was davon. Wie alt seid ihr noch mal?“

„Ich bin erst neununddreißig“, sagte Mathilda. „Josef ist siebenunddreißig.“

„Dann hast du aber auch nicht mehr ewig Zeit …“, konstatierte Ingrid.

Es trat wieder ein Moment der Betroffenheit ein. Ingrid stand auf, ging zum Nebentisch, nahm sich, ohne zu fragen, die Weinflasche und kehrte mit ihr zurück. Es störte sie gar nicht, dass es Weißwein war und dass er sich mit dem Rest des Rotweins im Glas vermischte.

„Wer sagt denn überhaupt, dass wir Kinder wollen?" Josef klang gereizt.

„Du kannst in zwanzig Jahren immer noch mit einer jüngeren Frau ein Kind haben, falls du es dir anders überlegst", warf Stefan auf einmal ein, der, das war mir im Laufe des Abends aufgefallen, den Gesprächen aufmerksam folgte, auch wenn er sich im Hintergrund hielt. „Aber Mathilda nicht."

„Was ist denn überhaupt so toll daran, Kinder zu haben?", fragte Mathilda. „Kann das Leben einer Frau nicht auch ohne Kinder erfüllt sein? Nur weil wir eine Gebärmutter haben, heißt das nicht automatisch, dass wir auch Kinder auf die Welt bringen müssen. Wenn sich eine Frau dafür entscheidet, drei, vier oder zehn Kinder zu werfen, bitte, soll sie es tun. Solange es ihre freie Entscheidung ist. Was ich jedoch bezweifle. Aber es muss doch auch möglich sein zu sagen, nein danke, ich bin eine Frau, aber ich will keine Kinder. Ich mag keine Kinder."

„Das ist doch Unsinn …", grummelte Ingrid.

„Fremde Kinder mag ich auch nicht", sagte Sarah. „Mein eigenes aber schon."

„Verdammt noch mal!", platzte es aus Josef heraus. „Und was, wenn das Kind behindert ist? Wenn es mit einer unheilbaren Krankheit auf die Welt kommt und nach ein paar

Wochen stirbt? Wer sagt, dass bei der Geburt nichts schiefgeht? Ich habe einfach eine Scheißangst davor!“

Alle schwiegen. Auch Mathilda war verstummt.

„Wir können ja immer noch adoptieren. Wenn wir eines Tages doch wollen.“ Josef hatte sich wieder ein wenig gefasst. „Wir sind finanziell gut abgesichert. Wir sind verpartnert. Wer, wenn nicht wir. Abgesehen davon finde ich den Ansatz des Antinatalismus nicht uninteressant.“

„Und wofür plädieren die Vertreter dieses interessanten Ansatzes?“, fragte Sarah.

„Antinatalisten werfen ihren Eltern vor, sie in einer so trostlosen Welt ausgesetzt zu haben“, führte Josef dankbar aus, „nur um ein paar Jahrzehnte sinnlos dahinzuvegetieren, die Umwelt zu zerstören und dann wieder zu verschwinden. Die Erde wäre ja viel besser dran ohne uns Menschen. Wozu also überhaupt neue Menschen produzieren?“

„Jeder neue Mensch ein neuer ökologischer Fußabdruck sozusagen“, sagte ich.

„Ganz genau.“

„Soll das etwa heißen, wir zerstören mit unserer Kinderschar die Umwelt?“, warf Petra amüsiert ein.

„Auf der anderen Seite muss man euch zugutehalten, dass ihr etwas für unsere Altersvorsorge tut“, sagte Sarah.

„Ich finde es ehrlich gesagt bedenkenswert, wenn Kinder so rational nach ihrem Nutzen bewertet werden“, meinte Stefan, „wie Hennen in einer Legebatterie.“

In dem Moment kam Thomas zur Tür hereinspaziert, Arm in Arm mit einer Frau in einem kurzen, blauen Cocktailkleid und mit langen Beinen, er hatte zwei leere

Sektgläser in der einen Hand und eine Sektflasche in der anderen. Die Flaschenöffnung hielt Thomas mit dem Daumen zu, damit der Sekt nicht herausschäumte. Sie tuschelten und lachten, ohne irgendwen im Saal zu beachten, und ließen sich an einem freien Tisch nieder. Thomas würdigte uns keines Blickes, ich nahm an, dass er längst vergessen hatte, dass er mit uns an einem Tisch gesessen war.

„Ob Thomas und die Dame dort drüben Antinatalisten sind?“ Ich deutete mit dem Kopf zu ihrem Tisch.

„Heute Nacht wohl nicht …“, meinte Sarah.

Ich hatte Lust, wieder einmal ganz natalistisch zu sein mit meiner Frau, antisologam sozusagen, allerdings mit Verhütung. Das Problem war nur, dass Emma bei uns im Hotelzimmer schlief. Es gab andererseits ein Badezimmer. Ich suchte mit meinem kleinen Finger Sarahs Oberschenkel.

Sarah und ich waren uns nach diesem Abend sicher, dass wir noch ein zweites Kind haben wollten, ohne dass wir das ausdrücklich besprachen. Vielleicht noch nicht gleich, aber bald. All die Probleme, die wir hatten – in der Bewältigung des Alltags, aber auch in unserer Beziehung –, gerieten in den Hintergrund. Das war unsere Art, Probleme zu beseitigen: Wir redeten einfach nicht darüber, taten so, als gäbe es sie nicht, und nach einiger Zeit verschwanden sie wirklich. Ab diesem Zeitpunkt verhüteten wir wieder nachlässiger, wie schon bei Emma. Und so wurde Sarah schließlich ein gutes halbes Jahr nach diesem Abend mit Jakob schwanger.

NOCH 8 TAGE

Als ich am nächsten Morgen die Toasts für Emma und Jakob machte – der Käse musste nach einem ganz bestimmten Muster verteilt sein und wenn die Gurkenscheiben richtig auf dem Teller angeordnet waren, nämlich so, dass sie gemeinsam mit dem Toast in der Mitte ein Gesicht ergaben, stieg die Wahrscheinlichkeit, dass sie das auch essen würden –, gesellte sich Mona zu mir in die Küche und begann mit der Mokkakanne zu hantieren. Sarah war noch mit Jakob im Badezimmer, Stefan spielte mit Theo im Wohnzimmer und Emma malte auf dem Küchentisch eine Blumenwiese mit fliegenden roten Herzen darüber. Mona drehte das Unterteil ab, nahm den Trichtereinsatz heraus, leerte den Kaffeesatz vom Vortag in den Behälter mit den Essensresten, den wir später im Garten auf den Kompost hinter dem Geräteschuppen kippten, hielt den Trichter unter das laufende Wasser und trocknete ihn mit einem Küchenpapier ab, wobei sie den letzten Kaffee herauswischte. Anschließend spülte sie das Kannenoberteil. Mich faszinierte jede ihrer Bewegungen, ich hätte ihr ewig zuschauen können bei dieser Tätigkeit, die sie auf der einen Seite so routiniert, auf der anderen Seite so liebevoll gewissenhaft ausführte, und für einen Moment stellte ich mir vor, dass wir jeden Morgen so nebeneinander in der Küche stehen würden, jeder mit seinen Handgriffen beschäftigt. Mona würde mir von ihrem aktuellen Projekt erzählen – davon, wie man Jugendlichen aus schwierigen Verhältnissen mithilfe einer eigenen App Kunst näherbringen könnte, mit der sie sonst kaum in Berührung kämen, oder wie man Museen so umgestalten könnte, dass sie für Kinder attraktiver werden, oder wir würden uns einfach über Karl Ove Knausgård unterhalten.

„Na, wie war dein Date gestern?“, fragte sie.

„Es lief ganz gut, wir sind dann sogar gemeinsam nach Hause gegangen.“

Sie klopfte mir kumpelhaft anerkennend auf die Schulter.

„Es hat sich dann allerdings herausgestellt, dass sie schon zwei Kinder hat“, fügte ich hinzu.

Mona lachte. „So ist das nun mal in unserem Alter. Die besten sind schon vergeben.“

„Papa, ist der Toast fertig?“ Emma war zu mir gerannt und schmiegte sich an mein Bein.

„Du kannst schon die Teller auf den Tisch stellen.“ Ich gab ihr sicherheitshalber nur zwei Teller in die Hand.

Während Mona und ich so nebeneinander in der Küche standen, berührten sich unsere Arme und Hände einige Male, einmal lehnten wir uns mehrere Sekunden lang mit den nackten Oberarmen aneinander, Mona drückte sogar leicht dagegen, ehe wir uns alle an den Tisch setzten.

Nach dem Frühstück schnappte ich mir Emma und Jakob und machte mit ihnen einen Ausflug, während die anderen im Haus und im Garten blieben.

Sarah und ich hatten eine Art Abmachung, die darin bestand, dass in regelmäßigen Abständen einer von uns mit beiden Kindern etwas unternahm und so den anderen freispielte. Taktische Überlegungen mochten dabei durchaus eine Rolle spielen. Wenn man einen ganzen Nachmittag mit den Kindern verbracht hatte, konnte man diese Leistung bei einer späteren Gelegenheit dem Partner in Rechnung stellen, im Sinn von: Während du auf der faulen Haut gelegen bist, habe ich ganz allein unsere Kinder bespaßt! Um die Wirkung zu verstärken, empfahl es sich, kleinere Vorfälle ein wenig zu dramatisieren. Wenn etwa die Kinder nicht sofort und ohne Widerstand den Spielplatz Richtung nachhause verlassen wollten, konnte man davon als peinlicher, nervenaufreibender Szene berichten: Sie hätten sich an das Klettergerüst geklammert und dabei verzweifelt geweint und gebrüllt. Eine Meinungsverschiedenheit darüber, wer zuerst schaukeln durfte, konnte man durchaus als handgreifliche Auseinandersetzung wiedergeben, die anderen Spielplatzbesucher hätten schon den Kopf geschüttelt angesichts dieser unerzogenen Kinder. Auf der anderen Seite verrichtete man als daheimgebliebener Teil, wenn man geschickt war, ein wenig Hausarbeit, erzeugte jedoch den Eindruck, dass es unheimlich viel Anstrengung gekostet hatte, und konnte dann sagen: Während du mit deinen Kindern gespielt hast, habe ich den Haushalt ganz allein erledigt! Dabei musste man natürlich darauf achten, dass man in Wahrheit möglichst wenig Arbeit leistete, diese aber groß inszenierte. Gut eignete sich dafür etwa die Küche, die jeder sofort sah, der die Wohnung betrat. Man befreite die Arbeitsflächen von all den seit Tagen oder Wochen liegengelassenen Utensilien, an denen sich zwar niemand störte, die aber nicht dort hingehörten, an deren Anblick man sich andererseits aber auch derart gewöhnt hatte, dass es sofort auffiel, wenn sie auf einmal fehlten: Der Salzbehälter, der nicht in der Lade war, weil er beim Kochen jedes Mal gebraucht wurde. Die Gießkanne, die fast immer neben dem Waschbecken stand, weil sie ja dort aufgefüllt wurde, deren Platz aber in der Abstellkammer war. Das Gleiche galt für das Olivenöl und das Brotmesser. Die Abtropftasse war nie leer, weil die Wassergläser, die Kaffeetassen, das Schneidbrett, der Sparschäler, die Rührschüssel jeden Tag in Verwendung waren. Die herumkullernden Äpfel türmte man zu einer Pyramide im Obstkorb und ordnete die Bananen schön im Halbkreis um sie herum an. Das waren nur wenige Handgriffe, aber die mit einem Mal ungewohnt leere Küche fiel sofort ins Auge: „Du hast aber schön aufgeräumt!" Wenn man dann auch noch die Herdplatte reinigte und von eingebrannten Speiseresten befreite, hatte man gute Karten, den Kinderbetreuungsdienst ausgestochen zu haben. Wenig geeignet hingegen war das Putzen des Backrohrs oder das Staubsaugen unter den Betten, was kein Mensch sah. Steigern konnte man diese Vorgehensweise, indem man ein paar Tage im Voraus den einen oder anderen großen Gegenstand gut sichtbar und störend in der Küche platzierte, um ihn dann nachher mit bedeutsamer Geste wieder wegzuräumen – zum Beispiel den Entsafter, der kaum genutzt wurde, weil er so unhandlich war und daher ein heißer Kandidat dafür, nach seinem seltenen Gebrauch tagelang die Fläche zwischen Abwasch und Herdplatte zu verstellen.

Diesmal hatte ich aber nicht vor, mir einen Vorteil daraus zu erschleichen, ich wollte nur dem sich anbahnenden Lagerkoller für einige Stunden entkommen.

„Wir gehen picknicken“, verkündete ich.

„Ja! Picknicken! Komm, Jakob, wir gehen picknicken!“, rief Emma mit in die Höhe gerissenen Armen.

„Ja! Juu-uu! Ja! Juu-uu! Pipick!“ Jakob hüpfte, sich um die eigene Achse drehend, auf und ab.

„Du kannst dir in der Zwischenzeit einen gemütlichen Vormittag machen“, stichelte ich dennoch gegen Sarah.

„Hast du einmal unser Zimmer gesehen? Glaubst du, das räumt sich von selbst auf?“

„Mehr als eine halbe Stunde wirst du dafür wohl nicht brauchen.“

„Dann kannst das doch du machen und ich gehe mit den Kindern auf den Spielplatz.“

„Will Piepatz! Piepatz gehen!“

„Nein, Jakob, nicht Spielplatz. Wir gehen pick-nicken“, belehrte ihn seine große Schwester. „Mit dem Rucksack und mit Essen hinten drinnen.“

„Ich habe ihnen schon versprochen, dass wir picknicken gehen“, sagte ich.

„Juu-uu! Pipick! Ja, juu-uu! Jakob mit!“

Ich packte drei Müsliriegel und eine Packung Hirsebällchen in den Rucksack und befüllte eine Trinkflasche mit Wasser. Dann schnitt ich einen Apfel in Spalten und legte sie gemeinsam mit zwei Bananen in eine Tupperwarebox. Was im Freien aus einer Tupperwarebox oder einem Rucksack kam, aßen Emma und Jakob, ohne mit der Wimper zu zucken, egal, wie gesund es war, eventuell mit Ausnahme von Salat und Petersilie. Ich schälte noch eine Karotte, schnitt sie längs auf und legte ein gutes Dutzend Karottensticks zu den Apfelspalten und den Bananen. Emma verfolgte jede meiner Handbewegungen aufmerksam und gab zuweilen Anweisungen – „Hier passen noch drei Apfelspalten rein! Gib noch einen Riegel dazu!" –, während Jakob sich die Schuhe verkehrt herum anzog. Schließlich steckte ich die Box und die Trinkflasche in Emmas rosa Barbie-Rucksack, womit ich ihr die größte Freude bereitete.

Ich mochte diese gemeinsamen Ausflüge. Denn obwohl es für mich wichtig war, als Vater gleichberechtigt neben Sarah zu sein und von den Kindern als ebenbürtiger Elternteil angesehen zu werden, was auch Sarah selbst einforderte, gab es doch etliche Situationen, in denen ich keine Chance gegenüber der Mutter hatte, so sehr ich mich auch bemühte. Hatten sie sich wehgetan, suchten sie wie selbstverständlich bei Sarah Trost. Ich durfte sie zwar nach einem Sturz hochheben, an mich drücken und sozusagen Erste Hilfe leisten, aber sie reckten schon die Arme und riefen: „Mama! Mama!". Wenn wir in einer fremden Umgebung waren, zum Beispiel zu Besuch oder im Wartezimmer der Kinderärztin, hingen beide wie Affen an Sarahs Hals und stießen sich gegenseitig von ihrem Schoß, während ich tatenlos danebensitzen und mir auch noch anhören musste, warum denn nicht einmal ich mich um die Kinder kümmern könne. Wenn untertags etwas über Gebühr Aufregendes vorgefallen war, etwa eine Geburtstagsfeier mit vielen unbekannten Menschen, eine Autofahrt mit Stau und Hitze und viel Verspätung oder eine Verletzung beim Rollerfahren, kam es oft vor, dass beide Kinder darauf beharrten, von Sarah niedergelegt zu werden, obwohl ich mir doch das

Recht hart erkämpft hatte, abends zumindest für Jakob zuständig zu sein. Deswegen war ich auch so stolz darauf, dass während dieses Urlaubs Jakob immer mit mir schlafen ging, trotz der ungewohnten Umgebung. Eine Drohung, die Sarah an Emma zu richten pflegte und die ich als ungerecht empfand, lautete: „Wenn du dich jetzt nicht sofort benimmst, gehst du am Abend mit Papa schlafen!"

Das alles war allerdings nur der Fall, wenn beide von uns, Sarah und ich, anwesend waren. Wenn ich allein mit den Kindern war, gab es keine Probleme. Dann riefen sie nicht nach Mama, wenn sie sich die Knie aufgeschürft oder sich die Finger eingezwickt hatten, sondern ließen sich von mir trösten. Dann bot ich ihnen ausreichend Schutz vor Gefahren wie einer Impfung durch die Kinderärztin oder einem ohrenbetäubenden Presslufthammer auf der Straße. Und wenn Sarah am Abend nicht daheim war, legte ich beide nieder, ohne dass es den geringsten Widerstand gab, ja, ganz allgemein ging alles sogar friedlicher und harmonischer vonstatten, wenn wir zu dritt waren, Emma, Jakob und ich. Allerdings musste ich so ehrlich sein, dass ich nie länger als einen Tag allein mit den Kindern verbrachte, spätestens in der Nacht, wenn sie wach wurden und ins Elternschlafzimmer kamen, war Sarah wieder da, und dann kuschelten sie sich umso intensiver an sie, um sicherzugehen, dass sie auch dablieb. Ich hingegen konnte ohne Weiteres ein oder zwei Nächte hintereinander nicht zu Hause sein, Sarah beschwerte sich zwar, dass die ganze Last an ihr hängenblieb, die Kinder verlangten auch nach mir am Telefon und fragten beim Schlafengehen, wo denn der Papa sei, aber es klappte, Sarah bekam es hin. Würde ich das umgekehrt auch schaffen, mehrere Tage ohne Sarah? Ich fragte mich zuweilen, woran es lag, dass im Ernstfall die Mama bevorzugt wurde. Stimmte am Ende doch das von mir so verhasste Argument mit der Natur und es war wirklich alles nur nüchterne Biologie? Die Schwangerschaft, das Gebären, das Stillen: War es das, was für eine lebenslange enge Bindung verantwortlich war, an die ich als Vater nie heranreichen können würde? Es gab ja angeblich Paare, die ganz bewusst auf das Stillen verzichteten, damit beide, Mutter und Vater, von Anfang an gleichberechtigt waren und die gleichen Chancen hatten. Dadurch wurde der Mutter der Vorsprung genommen, den sie durch das Stillen erlangt hatte.

Hinter dem Haus führte ein schmaler Weg zwischen einer Hecke und einer Schafweide steil den Hügel hinauf, an dessen Fuß Amberley lag. Ich war mir sicher, dass man von weiter oben eine schöne Sicht auf die hügelige Landschaft hatte und dass man sogar das Meer sehen konnte, das etwa zehn Kilometer entfernt war. Emma stieg voran, Jakob und ich folgten ihr, wobei ich ihn den größten Teil des Weges tragen musste oder ihn zumindest von hinten anschob.

Auf der Seite, wo die Schafweide war, verlief eine hüfthohe Steinmauer, die nach einiger Zeit in ein schmiedeeisernes Gattertor mündete, das durch einen Klappmechanismus verschlossen war. Von dort führte ein Pfad quer über den Hügel ein Stück weiter nach oben, von wo aus man wahrscheinlich eine noch bessere Sicht haben würde, allerdings wären wir dann von Schafen umgeben gewesen. Emma hätte das nicht gestört, sie war mutig und abenteuerlustig, Jakob jedoch hielt sich allein beim Anblick der noch weit entfernten Tiere an mir fest, er grub seine Finger in meine Oberarme und umklammerte mit seinen Füßen mein Becken.

„Da gehen wir lieber nicht hin, was meint ihr?"

„Doch, da will ich hin! Bitte, machen wir da unser Picknick!", forderte Emma.

„Ich weiß nicht … Was meinst du, Jakob?"

„Angst … Angst …" Er drückte seinen Kopf gegen meine Brust.

„Ja, ich verstehe dich. Das ist nichts für kleine Kinder."

„Das ist nichts für Babys!", korrigierte mich Emma. „Für Kinder ist das sicher was, und ich bin ein Kind! Jakob ist noch ein Baby."

„Das stimmt. Aber wir können ja Jakob nicht hierlassen."

„Doch! Können wir! Jakob, du wartest hier auf Papa und Emma, gut? Schau, da kannst du dich hinsetzen. Und nicht weglaufen, ja?"

„Nein, Emma, das geht nicht."

Ich schaffte es schließlich, Emma davon zu überzeugen, dass wir ihren kleinen Bruder nicht allein zurücklassen konnten, er könnte hinunterrollen oder von jemandem mitgenommen werden, nicht zuletzt indem ich ihr den Müsliriegel in Aussicht stellte. Ich bot ihr aber auch an, dass sie, wenn sie unbedingt darauf bestünde, den Pfad auf eigene Faust hinaufgehen dürfe. Für einen Moment spielte sie mit dem Gedanken und rüttelte schon demonstrativ am Gatter, als ich ihr aber den Ratschlag mitgab, sie solle sicherheitshalber einen langen Stecken mitnehmen, um sich gegen die Schafe zur Wehr setzen zu können, ließ sie von ihrem Vorhaben ab.

Wir gingen noch ein Stück weiter hügelaufwärts und suchten auf der anderen Seite nach einem Durchlass durch die Hecke, die so hoch war, dass nicht einmal ich hinübersehen konnte. Die Stimmung drohte zu kippen, das konnte sehr schnell geschehen. Emma und Jakob hatten nun die fixe Idee, das Picknick zu machen, und zwar jetzt sofort und auf der Stelle, allerdings bot sich auf dem Pfad, der ziemlich steil war, keine Gelegenheit, sich hinzusetzen, kein vorspringender Stein, keine ebene Fläche, geschweige denn eine Bank.

Dann endlich tauchte wie aus dem Nichts ein weiteres Gattertor in der Hecke auf, aus Holz, aber mit dem gleichen Klappmechanismus wie vorhin bei den Schafen.

„Ich schaue mal, ob die Luft rein ist", sagte ich.

„Ob die Luft rein ist?", fragte Emma. „Wie kann man sie denn putzen, wenn sie nicht rein ist?"

„Das sagt man so. Ob keine gefährlichen Tiere da sind." Ich öffnete das Tor und ging einen Schritt hinein. Es waren weder Schafe noch Kühe zu sehen oder zu riechen, ich konnte auch keinerlei Spuren von größeren Tieren in Form von Hinterlassenschaften ausmachen. Hinter den Bäumen war ein Haus zu erkennen, das womöglich zu einer Farm gehörte. Da das Gatter nicht verschlossen war, durfte man hier gehen, wie ich noch aus meiner Brighton-Zeit wusste. Mit Pauline und einigen anderen Austauschstudenten hatte ich damals immer wieder Ausflüge unternommen, wir wanderten durch die Landschaft und konnten uns an dem strahlenden, vielfältigen Grün der Heide nicht sattsehen. Damals lernte ich, dass man in England überall wandern durfte, wo es nicht ausdrücklich verboten war, und dass man diese Gattertore, die es alle paar Hundert Meter gab, öffnen durfte, wenn man sie hinter sich wieder schloss.

„Alles sauber, ihr könnt reinkommen“, sagte ich.

„Bist du sicher, Papa?“, fragte Emma, die es auf einmal mit der Angst zu tun bekommen hatte.

„Ja, kommt nur her.“

Mit jeweils einem Kind an einer Hand ging ich weiter. Ich hatte Glück, nach kurzer Zeit fanden wir wirklich eine Bank. Und tatsächlich, noch dazu bot sich von dort ein wunderschöner Blick auf das Meer, das grünlich-grau unter uns lag, der Himmel war leicht bewölkt und die Luft ein wenig schwül. Hoffentlich würde es nicht regnen, denn ich hatte keinen Regenschutz eingepackt. Da würde ich mir von Sarah etwas anhören dürfen.

„Schaut mal! Da unten ist Amberley. Und da, zwischen dem Kreisverkehr und diesem langen, weißen Gebäude, da ist unser Haus!“

„Ah ja, wirklich“, sagte Emma, ohne hinzuschauen, und kramte im Rucksack.

„Schaut euch nur diese schöne Aussicht an!“

„Nanane! Nanane!“

Ich nahm für Jakob eine Banane heraus und brach mit dem Nagel des Daumens ganz vorsichtig die Spitze ab, am schwarzen, stumpfen Ende, wie es sich gehörte, während er bereits ungeduldig neben mir zappelte.

„Ja! Ja! Ich! Nanane! Ich!“

Jetzt hieß es, nur keinen Fehler machen, denn wenn ich die Schale zu weit abzog oder zu wenig oder, nicht auszudenken, die Banane aus welchem Grund auch immer in zwei Teile zerbrach, würde für Jakob eine Welt in sich zusammenstürzen. „Ne-hein! Ne-hein! Tututt! Nanane tututt!“, pflegte er dann verzweifelt zu rufen und angesichts der kaputten Banane in Tränen auszubrechen.

Aber ich schaffte es. Die Aussicht war ihnen von Herzen egal, sie blickten von ihrer Jause nicht auf, und wenn, dann schauten sie nur zufällig und gleichgültig in Richtung des Meeres, wir hätten genauso gut auf dem Parkplatz eines Einkaufszentrums sitzen können, Hauptsache, die Tupperwarebox und der Rucksack waren dabei. Ich genoss es aber trotzdem und erfreute mich an ihrer Zufriedenheit, wie sie mit den Füßen wippend auf der Bank saßen und ihren Müsliriegel studierten, ehe sie mit Hingabe hineinbissen. Ich legte meinen Arm um Emma und fuhr mit den Fingern der anderen Hand durch die wenigen, dünnen Haare auf Jakobs Hinterkopf.

„Und was machen wir jetzt?“, fragte Emma und sprang auf.

„Wollt ihr nicht noch ein wenig –“

„Pie-patz! Pie-patz!“

„Kleiner Jakob, hier gibt es keinen Spielplatz … Bleiben wir noch –“

„Piepatz gehen! Doch! Voll umpehr!“

„Das ist wirklich unfair, Papa, du hast es Jakob versprochen!“

Da erschien die Rettung in Form eines ratternden Geräuschs, das immer näherkam und schließlich als roter Traktor um die Ecke bog. Der Fahrer, ein älterer Mann mit Gummistiefeln und einer karierten Mütze auf dem Kopf, eigentlich zu gut gekleidet für einen Bauern, nickte freundlich in unsere Richtung und winkte Emma und Jakob jeweils einzeln zu. Er führte einen leeren Anhänger hinter sich her und hielt an der Hecke, etwas unterhalb des Gatters, durch das wir gekommen waren. Dort machte er sich an etwas zu schaffen – es sah nach Geräten und Behältern aus – und lud einige Gegenstände auf. Emma und Jakob schauten ihm gebannt zu, und als er den Motor wieder startete, saß Jakob wie festgeklebt und mit durchgestrecktem Rücken da, mit seinen Händen hielt er sich links und rechts an der Sitzfläche der Bank fest, das Kinn hatte er leicht erhoben. Der Spielplatz war vergessen. Emma widmete sich wieder den Hirsebällchen, die sie sich in den Mund steckte, und wartete darauf, dass sie zergingen. Manchmal zog sie mit dem Zeigefinger einen breiigen Klumpen hervor und zeigte ihn mir: „Schau, Papa! Mmh!“

Als der Traktor wieder auf unserer Höhe war, saß Jakob immer noch unbeweglich und voller Ehrfurcht da, als würde er der Krönung einer Königin beiwohnen. Der Farmer blieb stehen, rief Jakob laut zu, den Lärm des Motors übertönend: „Hello, little man!“, und mir: „What a beautiful day!“ und ratterte wieder davon. Der Mann fuhr noch einige Male an uns vorbei und schien Arbeitsgeräte, die ich nicht genauer ausmachen konnte, von einem Ort an einen anderen zu transportieren.

Während Emma und Jakob dieses Schauspiel verfolgten, nahm ich mein Handy hervor und öffnete die Nachrichtenapp. Ich fühlte mich von der harmonischen Stimmung beflügelt, vom freundlichen Farmer, vom Meer, dessen Oberfläche nun in der Sonne blau funkelte.

Ich: Du, Mona – eine rein objektive Feststellung: Du bist eine unglaublich fesche Frau. Und intelligent. Und so voller Charme ... Das wollte ich dir nur einmal gesagt haben. Einfach so.

Ich überflog die Sätze, hörte den Motor des Traktors in einiger Entfernung brummen und ehe ich länger darüber nachdenken konnte, schickte ich die Nachricht mit einer einfachen Bewegung meines rechten Daumens weg. Es fühlte sich gut an. Ich schaute aufs Meer hinaus. Innerhalb von einer halben Minute kam die Antwort.

Mona: Oh, danke, Max! So schöne Komplimente!

Ich: Jederzeit gerne wieder. Da gibt's noch einige.

Mona: :-)

Der Traktor war verschwunden, wir mussten aber noch gute zehn Minuten auf der Bank ausharren, um sicherzugehen, dass er nicht mehr wiederkam, ehe wir aufbrechen konnten. Erst während unseres Abstiegs auf dem steilen Pfad fand Jakob seine Sprache wieder. „Haktor ... Haktor ...", wiederholte er andächtig.

„Und, hat dir unser Ausflug gefallen, Emma?"

„Ja. Es war gut, dass wir nicht bei den Schafen waren. Die sind nur was für große Kinder, glaube ich. Zum Beispiel für Erwachsene. Essen die auch Hirsebällchen?"

„Nein, ich glaube, die essen nur Gras." Aber so genau wusste ich es auch nicht.

„Haktor. Haktor." Für Jakob war damit der Höhepunkt des Urlaubs erreicht.

Als wir wieder im Haus waren und ich Mona begegnete, mied ich zuerst ihren Blick, doch dann nickte sie mir verschwörerisch zu.

Noch beim Schlafengehen war Jakob ganz aufgeregt, er murmelte immer wieder „Haktor … Haktor …" und stieß die Luft durch den halb geschlossenen Mund aus, sodass die Lippen vibrierten, was er immer tat, wenn er irgendeiner Sache Nachdruck verleihen wollte, sei es eine freudige oder auch eine ärgerliche Angelegenheit. Vom Bett nebenan hörte ich Sarahs leise Stimme, wie sie mit Emma redete und wie sie dann gemeinsam ein Lied sangen, eher summten. Zwei oder drei Mal noch sagte Emma auf einmal ein paar unzusammenhängende Wörter laut – ein untrügliches Zeichen, dass sie kurz vor dem Einschlafen war, als wollte sie Sarah wissen lassen, dass sie noch nicht schlief, dass sie noch voll und ganz da war. Dann wurde es still. Und kurz darauf hörte ich Emma regelmäßig atmen. Das war das beruhigendste Gefühl, das ich kannte: Wenn unsere Kinder friedlich schliefen. Da verzieh man ihnen alles.

Ich hörte das Bett knarzen und Sarah sich erheben.

„Ich gehe schon mal hinunter", flüsterte sie.

„Mama? Mama?", brabbelte Jakob.

„Pst!", machte ich – zugleich an Jakob und Sarah gerichtet. Jakob durfte nicht herausfinden, dass Sarah wieder frei war. Aber zum Glück konnte ich ihn ablenken, indem ich ihm vom Traktor erzählte, den wir heute gesehen hatten.

„Sollen wir morgen wieder schauen, ob wir einen Traktor finden? Es gibt hier sicher irgendwo noch einen Traktor."

„Ja! Ja! Haktor … Noch mal Haktor …"

Wieso machte dieser Traktor Jakob so glücklich? Von mir hatte er diese Leidenschaft nicht. Mir waren Traktoren so gleichgültig wie Kamine. Am Ende stimmte auch das noch und es war genetisch in Buben angelegt, dass sie sich für Gefährte mit Rädern interessierten? Andererseits hatte Emma dem Traktor genauso aufmerksam zugeschaut. Hätte ich sie mehr darin bestärken sollen, als sie noch kleiner war? Der nächste Rucksack, den wir ihr kaufen würden, dürfte keinesfalls rosa sein.

„Und falls wir keinen Traktor sehen", sagte ich zu Jakob, „schauen wir einfach, ob wir irgendwo ein Boot finden."

„Ne-hein! Haktor! Haktor!"

„Gut, gut, wir suchen einen Traktor." Es brachte nichts, ihn jetzt noch aufzuregen. Um ihn zu beruhigen, streichelte ich sanft und kontinuierlich über seinen Kopf, dabei sang ich leise das Repertoire der drei, vier Lieder, die Jakob immer zu hören verlangte, er wollte keine neuen, und wenn ich doch einmal einen Versuch wagte, wies er mich entschieden zurecht, dass ich das unterlassen solle. Mit der Zeit atmete er regelmäßiger, wahrscheinlich begünstigt durch Emmas friedliche Schlafgeräusche nebenan. Ich fuhr ihm mit dem Zeigefinger von der Stirn über den Nasenrücken hinab, immer wieder und immer wieder, was ihn dazu veranlasste, die Phase beim Blinzeln, während der er die Lider geschlossen hielt, mehr und mehr zu verlängern, jedes Mal, wenn mein Finger die Stelle zwischen seinen Augen passierte, fielen diese unwillkürlich zu, zuerst begehrte er noch dagegen auf, dann aber überließ er sich seiner Müdigkeit. Auch mein Körper wurde immer schwerer. Mit der Zeit hatte ich herausgefunden, dass die Kinder am besten einschliefen, wenn man es ihnen vormachte, wenn man also selbst ganz zur Ruhe kam, langsam und tief ein- und ausatmete, die Augen schloss und alle Nervosität ablegte. Sie bekamen es mit, wenn man unruhig war und Gedanken hin- und herwälzte.

Als ich aufwachte, wusste ich zuerst nicht, wie lange ich geschlafen hatte. Waren es nur zehn Minuten? Oder war es schon mitten in der Nacht? Ich lauschte in die Dunkelheit hinein. Es waren aber keine Schlafgeräusche von Sarah zu hören. Das hieß, es war wahrscheinlich noch nicht so spät. Mein Kopf war schwer, ich brauchte mehrere Anläufe, um meinen Oberkörper schließlich mit einem Schwung und mithilfe der abgestützten Hände hochzubekommen. Die Matratze federte, aber das störte Jakob nicht mehr. Er schlief tief und fest. Es war eine seltsame Mischung: Auf der einen Seite flimmerten dunkle Flecken vor meinem Auge und mein Kopf wäre von selbst sofort zurück auf den Polster gefallen, wenn ich nicht meinen Oberkörper mit Anstrengung aufrecht gehalten hätte, auf der anderen Seite fühlte ich mich ausgeschlafen, so wie man nach einem kurzen, satten Nachmittagsschlaf voller Tatendrang aufwachte.

Sarah lag auf der Couch, als ich nach unten kam, mit ausgestreckten Beinen, sie hatte bereits ihren Pyjama an, ihre Haare waren offen, und schaute einen Film. Es war kurz nach zehn.

„Ich wollte dich nicht wecken“, sagte sie. „Ihr zwei habt so friedlich geschlafen. Möchtest du etwas anderes schauen? Aber der Film ist ohnehin gleich zu Ende.“

„Nein, nein, ist schon in Ordnung.“ Ich wollte auf dem Fauteuil links von ihr Platz nehmen. Da richtete sie sich auf und ich setzte mich neben sie. Sie rückte näher an mich heran und lehnte ihren Kopf gegen meine Schulter.

„Stefan und Mona sind noch gar nicht zurück?“, fragte ich. Heute war ihr Abend im Pub.

„Vermisst du Mona etwa schon?“ Für einen Augenblick dachte ich, das sei eine Anspielung.

„Ich vermisse vor allem Stefan“, scherzte ich.

„Sie sind ja erst ein bisschen länger als eine Stunde weg“, sagte sie dann, ohne auch nur den geringsten Verdacht in ihrer Stimme zu offenbaren.

„Stimmt.“

Ich löste meine Schulter vorsichtig von ihrem Kopf. Der Film interessierte mich nicht. Ich wusste ja nicht, worum es ging, Männer in Anzügen redeten in einem Großraumbüro hektisch aufeinander ein, eine Frau im Hosenanzug und mit dunklen Haaren und Pferdeschwanz tippte geschäftig auf einem Stand-PC herum. Es musste ein Film vom Anfang der Zweitausenderjahre sein. Früher führten gemeinsame Fernsehabende regelmäßig zu Sex zwischen Sarah und mir, gerade wenn der Film uns kalt ließ. Als Emma noch klein genug war und nicht von selbst aus dem Gitterbett klettern konnte, schliefen wir oft gleich auf der Couch miteinander. Spätestens mit Jakobs Geburt war es damit vorbei.

„Jakob war ganz aufgeregt beim Einschlafen", sagte ich. „Der Traktor hat es ihm wirklich angetan."

„Ja, genau. Sehr süß." Sarah wirkte mit einem Mal ausgesprochen kühl.

Ich ließ meine Augen ziellos über die Buchrücken im Regal wandern, warf sporadisch einen Blick auf den Bildschirm und ging schließlich in die Küche, um mir etwas zu trinken zu holen. Vom Abendessen war noch eine Rotweinflasche offen, ich füllte mir ein halbes Glas voll. Ich stand dort, wo Mona und ich uns in der Früh unterhalten hatten und wo sich unsere Arme berührt hatten. Hatte sie das absichtlich gemacht? Hatte Sarah davon etwas mitbekommen?

„Möchtest du auch einen Wein?", fragte ich.

„Danke, nein, es ist schon spät, ich werde schlafen gehen."

Wann würden Mona und Stefan zurückkommen? Wenn wir uns konsequent an unsere Abmachung hielten, standen mir zwei Abende mit Mona bevor, einmal im Pub und einmal zu Hause, sie und ich ganz allein. Ich fand den Gedanken aufregend. Obwohl der Film noch nicht zu Ende war, schaltete Sarah den Fernseher aus. Und dann sagte sie etwas, bei dem sich mir der Magen zusammenzog: „So ein Kamin ist doch etwas Behagliches. Wenn wir etwas praktischer veranlagt wären, hätten wir ein Haus. So wie Stefan und Mona, die machen das vernünftig."

„Na ja, die haben halt eines geerbt. Das ist kein Kunststück", entgegnete ich.

„Man muss sich eben damit beschäftigen. Du mit deiner Selbständigkeit ... Da bekommen wir natürlich keinen Kredit. Eine Eigentumswohnung würde es auch schon tun."

„Du hast nun einmal einen Sprachwissenschaftler geheiratet und keinen ..." – ich wusste immer noch nicht, was Stefan arbeitete – „Schornsteinfeger."

„Stefan ist kein Schornsteinfeger. Musst du denn unbedingt immer diese abgehobenen Texte übersetzen? Kunst, Literatur, Philosophie – das ist zwar schön und gut, aber das braucht niemand."

„Du unterrichtest ja auch Deutsch. Und Geschichte. Das braucht man auch nicht unbedingt, wenn man im Urwald überleben will."

„Aber ich habe einen unbefristeten Vertrag." Ich konnte diesen Ausdruck nicht mehr hören. „Du hast zwei kleine Kinder, Max!"

„Geht es denen etwa schlecht? Haben sie sich jemals über ihren Vater beschwert? Außerdem halte ich Lehrveranstaltungen an der Uni."

„Das war in den vergangenen drei Jahren zweimal der Fall. Da hast du ein paar Stunden bekommen. Wieso machst du keine Dolmetschungen?", fragte sie. „Zum Beispiel bei Gericht? Das bringt doch mehr Geld ein."

„Das liegt mir einfach nicht."

„Du könntest mal mit Stefan reden."

„Kann der auf einmal nicht nur Kamine bauen, sondern kennt sich jetzt auch noch mit der Übersetzerbranche aus?"

„Nein. Aber mit Geld. Vielleicht weiß der, wie jemand wie du doch einen Kredit bekommen kann. Ach, egal, vergiss es."

Natürlich war es nicht egal, und auch wenn Sarah es dabei beließ, war das ganz klar einer ihrer Angriffe auf meine Lebenseinstellung im Allgemeinen, darauf, dass ich mich für nichts Praktisches oder Handwerkliches interessierte. Und dass sie es mit einem anderen Mann leichter hätte, zumindest was ein Eigenheim und einen Kamin anging. Dass ich Jakob problemlos niederlegen konnte, dass ich viel mehr Zeit mit unseren Kindern verbrachte als die meisten anderen Väter in unserem Bekanntenkreis, das zählte für sie anscheinend nicht. Miete zu zahlen war keine vernünftige Geldanlage, davon hatte sie mich mittlerweile auch überzeugt, nur: Was hätten wir denn machen sollen? Auch wenn wir einen Kredit bekommen würden, waren wir beide beruflich an Wien gebunden, und es war klar, dass wir uns, falls überhaupt, nur außerhalb der Stadt etwas leisten konnten. Sarah hätte sich vielleicht versetzen lassen können, dann wäre das Pendeln weggefallen, aber sie mochte ihre Schule. Außerdem war sie ein Stadtmensch, in einem Vorort oder gar auf dem Land hätte sie sich unwohl gefühlt. Wie stellte sie sich das vor?

Aber sollte sie nur von ihrem Kamin und ihrem Haus träumen, wenn sie wollte. Ich würde morgen mit Mona einen schönen Abend verbringen, mich mit ihr über Virginia Woolfs Liebesleben und über Knausgård unterhalten. Und sie konnte sich von mir aus mit Stefan, ihrem Kaminexperten, über mich lustig machen und die vernünftigsten Geldanlagen erörtern.

Noch vor Kurzem trugen wir, wenn die Kinder schliefen, abends regelmäßig Grundsatzdiskussionen aus, mit denen wir uns nur selbst schadeten. Obwohl uns sehr wohl bewusst war, dass man das nicht tun sollte, rechneten wir uns zum Beispiel gegenseitig vor, wer wie viel im Haushalt machte – wer wie oft einkaufen ging, wer wie oft und vor allem wie gründlich putzte, wer den Geschirrspüler ausräumte und, auch ein wichtiger Posten, wer wie oft einfach nur auf der Couch saß und Zeitung las, während doch eigentlich die Wäsche aufzuhängen gewesen wäre. Seitdem die Kinder da waren, konnte ich untertags nicht mehr ohne schlechtes Gewissen Zeitung lesen. Vielleicht stimmte es sogar, dass Sarah mehr Hausarbeit verrichtete. Auch wenn ich stets das Gefühl hatte, meinerseits mehr beizutragen. Aber mittlerweile hatten wir uns, wieder einmal ohne uns abzusprechen, auf eine Art abendliche Feuerpause geeinigt. Da ließen wir uns, bis auf kleine Sticheleien wie vorhin, gegenseitig in Ruhe.

Mein Leben hatte sich natürlich grundlegend verändert, seitdem wir Kinder hatten. Jeder, der glaubt, dass er nach der Geburt des ersten Kindes sein Leben weiterführen kann wie zuvor, irrt gewaltig, in etwa so, wie wenn man glaubt, man könne ins Wasser gehen und gleichzeitig trocken bleiben. So ging ich abends nicht mehr fort und legte mich spätestens um elf Uhr ins Bett, wenn ich nicht schon einige Stunden zuvor eingedämmert war – was aber nicht hieß, dass ich das Gefühl des Verkatertseins, des Morgens danach nicht mehr kannte. Allerdings hatte das nichts mehr mit übermäßigem Alkoholkonsum zu tun als vielmehr mit unterdurchschnittlicher Schlafdauer. Und wie ich es kannte. Wenn man es genau nahm, erlebte ich es sogar öfter und intensiver als früher, als ich einmal in der Woche spät in der Nacht heimtorkelte und die größte Konzentration aufbringen musste, um mit dem Schlüssel in das Schlüsselloch zu treffen; am nächsten Tag wachte ich auf, das Tageslicht schmerzte in meinen Augäpfeln, und ich fragte mich, wie ich auf der Couch statt im Bett gelandet war. Wahrscheinlich war ich im Vorzimmer falsch abgebogen.

Auch in den vergangenen fünf Jahren wachte ich häufig woanders als in meinem Bett auf – und versuchte, ebenfalls von Kopfschmerzen geplagt, zu rekonstruieren, wie ich auf der Wohnzimmercouch, im Kinderbett oder auf dem Gästebett gelandet war. Angeblich gibt es Kinder, die man abends einfach friedlich in das eigene Bettchen – im eigenen Zimmer – legt, so wie man ein Fahrrad absperrt, denen man eine Gute-Nacht-Geschichte vorliest und ein bisschen vor singt, bevor man ihnen einen Kuss auf die Stirn drückt, das Licht abdreht und das Zimmer verlässt. Besonders ältere Verwandte weiblichen Geschlechts – Tanten, Großmütter, die Schwiegermutter – unternahmen mit sichtlichem Vergnügen Versuche, einen davon zu überzeugen, dass das eigentlich der Normalfall sei und dass sie uns leider nicht helfen könnten, denn solche Probleme hätten sie nie gekannt, sie hätten ihre Kinder friedlich in das eigene Bettchen gesteckt, ihnen eine Gute-Nacht-Geschichte vorgelesen und ein bisschen gesungen, bevor sie ihnen einen Kuss auf Stirn gedrückt, das Licht abgedreht und das Zimmer verlassen hätten. Die Genugtuung war in ihrer Verständnis und

Mitgefühl heuchelnden Stimme nicht zu überhören. Sarah und ich fühlten uns schuldig, als hätten wir als Eltern versagt, bereits jetzt, nur wenige Meter nach der Startlinie.

Es gab eine Zeit – zwei Monate, ein halbes Jahr, vielleicht waren es auch nur wenige Wochen – nicht nur die Grenze zwischen Tag und Nacht verschwamm, sondern auch die zwischen den einzelnen Wochentagen und Monaten – in einem Abschnitt unseres Lebens irgendwann nach Jakobs Geburt lebte ich nachts ein Nomadenleben innerhalb der vier Wände unserer Wohnung. Ich zog sozusagen in der eigenen Wohnung um die Häuser und fiel erst im Morgengrauen in einen Schlaf, um nur kurze Zeit später vom Wecker wieder geweckt zu werden. Dabei begann gewöhnlich alles nach Plan. Um Punkt halb acht waren Emma und Jakob zum Schlafengehen hergerichtet, sie sahen geradezu niedlich aus, Emma in ihrem geblümten Pyjama und Jakob in seinem Strampler mit einem Bären, einem Pferd, einer Blume oder einem Bagger vorne auf der Brust, als könnten sie kein Wässerchen trüben. Sarah legte Emma nieder, die seit Jakobs Geburt darauf bestand, ausschließlich von Mama ins Bett gebracht zu werden, und ich legte mich mit Jakob ins Bett – ins Elternbett wohlgemerkt. Aber das machte nichts, wir waren stolz darauf, ein so gut eingespieltes Team zu sein. Jakob und ich blätterten gemeinsam ein Buch durch (er ließ es nicht zu, dass ich die paar Sätze, die sich auf jeder Seite befanden, vorlas), ich sang im Anschluss die Handvoll Kinderlieder, die ich kannte und die er bis heute allabendlich hören wollte, und er schlief ein. Wie die Kinder der Tanten und Schwiegermütter.

Gegen zehn Uhr gingen auch Sarah und ich schlafen. Zu dem Zeitpunkt lag Jakob meistens quer im Bett, ausgestreckt, sodass wir uns links und rechts an den Rand drängten. Ich bekam für gewöhnlich Jakobs Füße ab, mit denen er mir in regelmäßigen Abständen in die Magengrube oder ins Gesicht trat, doch mit der Zeit entwickelte ich eine Technik, wie ich mit meinen Armen und Ellbogen einen Großteil seiner Schläge und Tritte abwehren konnte, ohne ihn aufzuwecken und ohne selbst zu sehr aufzuwachen. Man mochte kaum glauben, wie viel Kraft in weniger als einem Meter Mensch steckte. Ich sollte mich doch einfach umdrehen, riet mir ein Freund, der keine Kinder und daher auch keine Ahnung hatte, denn dem kleinen Jakob meinen Rücken ohne Deckung auszuliefern, bedeutete unweigerlich blaue Flecken am nächsten Morgen. Beim ersten Mal wunderte ich mich, woher der Muskelkater kam, dabei waren es einfach nur Blutergüsse. Für Jakob war diese Lage praktisch, denn so konnte er, wann immer ihm danach war, an Sarahs Brust andocken und einen Schluck nehmen. Ab und zu kam es auch vor, dass er sich im Schlaf so intensiv hin- und herwälzte, dass er mit dem Kopf auf meiner Seite zu liegen kam. Ich freute mich zunächst und fuhr liebevoll, aber äußerst vorsichtig durch seine wenigen Haare. Er schmiegte sich enger an mich und bohrte liebevoll, aber äußerst entschlossen seinen Kopf in meinen Bauch. Bis er wieder Hunger bekam, mein T-Shirt hochschob und mich mit seinen Händchen abtastete, ehe er verzweifelt an meinen Brusthaaren riss und dann zu schreien begann. Sarah war zu diesem Zeitpunkt bereits in einen derart tiefen Schlaf gefallen, wie ich ihn vor der Geburt unserer Kinder ihr niemals zugetraut hätte, aber anscheinend war das ein natürlicher Schutzmechanismus, der es ihr ermöglichte, in kurzer Zeit möglichst viel Schlaf nachzuholen beziehungsweise vorzuschlafen. Ich musste Sarah also wachrütteln – „Du musst ihn stillen! Du musst ihn stillen!" – „Wen?" – „Jakob! Unseren Sohn!" Wenn wir Glück hatten, wachte Emma nicht auf. Noch nicht. Denn sie war schon lange sauber und brauchte auch in der Nacht keine Windel mehr. Auch wenn wir das nie zugaben, wir klopften uns innerlich auf die Schulter dafür, dass sie im Schnitt vor den Kindern unserer Freunde die Windel abgelegt hatte. Allerdings wollte sie in der Nacht nicht allein aufs Klo gehen, weshalb sie irgendwann zwischen Mitternacht und vier Uhr früh nach mir zu rufen begann, immer lauter, sodass, wenn ich nicht schnell genug bei ihr war, die durchaus berechtigte Gefahr bestand, dass sie Jakob aufwecken würde oder dass sie bereits weinend im klatschnassen Bett saß, wenn ich bei ihr eintraf, und mich beschimpfte, warum ich so lange gebraucht hätte. Dann musste ich das Bett neu überziehen, während Sarah Jakob zu beruhigen versuchte und gleichzeitig mit mir schimpfte, warum ich alle aufgeweckt hatte. Aber auch wenn dieser Fall nicht eintrat – wie gesagt, unsere tapfere Emma war sauber und in der Regel machte sie nicht ins Bett –, musste ich jede Nacht mit ihr auf die Toilette gehen. Auf dem Rückweg visierte sie allerdings ein jedes Mal zielsicher das Elternschlafzimmer an, Widerrede war nicht nur zwecklos, sondern darüber hinaus auch gefährlich, da sie dann ihrem Recht, im Elternbett zu schlafen, derart lautstark Nachdruck verliehen hätte, dass davon Mama und Baby wach geworden wären. So stand ich vor der Wahl: Mein Revier verteidigen und irgendwo im Bett zwischen und neben den drei Schlafenden ein Plätzchen zu suchen oder zu kapitulieren und woanders mein Lager aufzuschlagen. Meistens entschied ich mich für Zweiteres. Ich legte mich in Emmas Bett und machte mich so klein wie möglich, um irgendwie unter ihre viel zu kurze Decke zu passen. Irgendwann – zwei Stunden später? Zehn Minuten später? – stand Sarah vor mir und drückte mir den schreienden Jakob in die Arme: „Jetzt übernimmst endlich du! Er weckt ständig Emma auf oder sie weckt ihn auf, was weiß ich, meine Brust ist auf jeden Fall kein Schnuller." In Emmas Zimmer konnten wir allerdings nicht bleiben, da dieses an unser Schlafzimmer grenzte und somit Jakob die anderen wieder aufwecken würde, also ging ich mit ihm und Emmas Kinderdecke unterm Arm ins Wohnzimmer, wo ich, nachdem ich ein Dutzend Mal das Bücherregal auf- und abgeschritten war und mein Kinderliedrepertoire in Dauerschleife vorgetragen hatte, den Versuch wagte, mich mit ihm auf die Couch zu legen. Spätestens beim vierten oder fünften Versuch gelang es mir und er blieb schlafend neben mir liegen. Wenn es da noch dunkel war draußen, beglückwünschte ich mich. Und wie friedlich er neben mir schnaufte … Das konnte sich jemand ohne Kinder gar nicht vorstellen, dieses Geräusch, so unschuldig wie nur das Schnarchen eines Babys, ließ einen die vorangegangenen Stunden – oder waren es nur Minuten? – vergessen. Ich schlief selig ein. – Ich wachte auf, als mir Jakob ins Ohr brüllte, wie nur ein Baby kurz vor dem Verhungern brüllen kann. Gleichzeitig trat er mir mit den Füßen in den Bauch und in den Unterleib, als wollte er auf Nummer sicher gehen, dass keine weiteren Geschwister kommen würden, während er mir mehrere Brusthaare ausriss. Ich eilte hinüber ins Elternschlafzimmer, wo ich, den brüllenden Jakob im Arm wild hin- und herwiegend und meine beiden Kinderlieder singend, sinnloserweise immer schneller und lauter, als würde er dadurch eher einschlafen, mit einem Fuß Sarah aus ihrem Winterschlaf wachzutreten versuchte, aber nur Emma aufweckte, die dann meiner Frau „Mama!! Mama!!" ins Ohr brüllte und ich somit letztendlich mein Ziel doch erreichte. Sarah fragte benommen, was denn los sei, ich sagte ihr, Jakob, unser Sohn, sei wach und habe Hunger, Emma klammerte sich wie ein Affe an ihren Rücken, während Jakob auf der anderen Seite zu trinken begann und sofort glückselig verstummte, der Verräter. Ein paar Augenblicke – oder waren es Minuten? – schaute ich, zur Untätigkeit verdammt, zu, ehe ich mich mit einem schlechten Gewissen davonschlich und mich wieder in Emmas Bett legte. Draußen dämmerte es bereits. Jetzt konnte ich endlich schlafen gehen. Der Wecker würde bald läuten.

Das war auch die Zeit, in der ich den Kontakt zu Maria vertiefte. Ich hatte sie auf der Geburtstagsfeier eines Bekannten in einem Lokal in der Innenstadt kennengelernt. Sarah war mit den beiden Kindern zu Hause geblieben, es war das erste Mal, dass ich seit Jakobs Geburt am Abend fortging. Maria war in Begleitung eines Mannes erschienen, ab und zu beugte er sich zu ihr und sagte ihr etwas ins Ohr, einmal griff er auch nach ihrer Hand, die sie aber wegzog. Wie ich später erfuhr, waren sie zusammen, aber sie wohnten nicht in einer gemeinsamen Wohnung. Zunächst unterhielten wir uns zu dritt, doch Maria widmete sich immer mehr mir und ignorierte ihren Freund zunehmend, bis sich dieser wegsetzte. Den Rest des Abends rückten wir nicht mehr voneinander ab. Die letzte U-Bahn verpasste ich, und da sich Sarah nicht gemeldet hatte, ging ich einfach zurück zur Party, statt auf die erste Nacht-U-Bahn zu warten. „Das ist jetzt natürlich ein Zufall, dass du die U-Bahn verpasst hast und wieder hier bist“, empfing sie mich. „Natürlich. Reiner Zufall“, entgegnete ich. Es war mittlerweile schon zu laut, um sich richtig zu unterhalten. Dennoch blieben wir nebeneinander sitzen und kommentierten, so gut es ging, das Geschehen um uns herum, wofür wir nah an das Gesicht des jeweils anderen kamen. Die ganze Heimfahrt über schrieben wir einander dann Nachrichten. Ich wusste nicht mehr genau, was, aber es war ein offener Schlagabtausch, es waren Anspielungen, wir sagten uns im Schutz der stillen Schriftlichkeit und der Trunkenheit Dinge, die wir uns zuvor im Lokal nicht zu sagen getraut hätten.

Das ging dann eine Zeitlang so weiter, wir chatteten täglich und trafen uns schließlich in einem Café. Maria betonte mehrmals an diesem Nachmittag, dass sie allein wohnte. Sie machte außerdem klar, dass sie von Treue nichts hielt und schon sowohl betrogen hatte als auch betrogen worden war. Dass ich verheiratet war und zwei Kinder hatte, wusste sie, da ich ihr das beim Kennenlernen auf der Party erzählt hatte. Das hielt sie aber nicht davon ab, unter dem

Tisch ständig mit ihrem Knie gegen meines zu stoßen, so wie das damals mit Pauline im Bus geschehen war, nur dass Maria keinen Hehl daraus machte, dass sie das mit Absicht tat. Wenn ich etwas erzählte, hörte sie mir zwar zu und fragte nach, lächelte mich dabei aber mit ihren strahlenden Augen unter ihren blonden Locken unentwegt an, sodass mir mit der Zeit klar wurde, dass ihre Fröhlichkeit in keinem Zusammenhang mit dem stand, wovon ich gerade redete. Keine zehn Minuten, nachdem wir uns voneinander verabschiedet hatten, schrieb sie mir:

Maria: Und was jetzt?

Ich: Was meinst du?

Maria: Tu nicht so unschuldig ... Kommst du zu mir?

Ich: Ich weiß nicht.

Maria: Muss ja nicht jetzt sofort sein ;-)

Ich schrieb nichts, und auch auf ihre weiteren eindeutigen Nachrichten antwortete ich ausweichend. Ihre Direktheit überforderte mich. Sarah bekam nichts mit, sie war viel zu sehr mit Jakob und Emma beschäftigt, und wenn ich mich abends einsam fühlte, weil Sarah und die Kinder schon längst schliefen, spielte ich mit dem Gedanken, Maria zu schreiben. Ich ließ es aber sein. Vorerst.

Im Kindergarten gab es eine ältere Pädagogin namens Helga. Immer wieder ließ sie zwischen den Zeilen durchklingen, dass sie es nicht ganz gutheißen könne, wenn Kinder zu früh in die staatliche Obhut gegeben würden – Jakob war damals gerade anderthalb – und dass sie vor ihrem dritten Lebensjahr bei der Mutter am besten aufgehoben seien. Das sei nun mal die Natur. Ich vermutete hingegen, ihre Überzeugung sei darin begründet, dass früher Kinder sauber sein mussten, bevor sie in den Kindergarten gehen durften, und dass Helga einfach keine fremden Kinder wickeln wollte – was ich sehr gut nachzuvollziehen vermochte, ich selbst konnte den Tag kaum erwarten, an dem wir die letzte Windel entsorgt haben würden –, aber Sarah war sich sicher, dass es gegen sie und gegen berufstätige Mütter im Allgemeinen gerichtet war. Sie hatte immer das Gefühl, dass sie von Helga behandelt wurde wie jemand, der gnädigerweise ein Almosen erhält – die Frau muss arbeiten gehen und hat keine Oma, keine Schwiegermutter, niemanden, der auf ihr Kind schaut, also gut, es kann bei uns bleiben, was kann das arme Kind dafür.

Aber auch mir entging nicht, dass Väter und Mütter unterschiedlich behandelt wurden, sogar von den anderen, den um zwei bis drei Jahrzehnte jüngeren Pädagoginnen. Wenn ich Jakob und Emma in den Kindergarten brachte, waren sie immer ausgesprochen freundlich zu mir, nie ein ermahnendes Wort, wenn ich zu spät war oder etwas vergessen hatte. Nur wenn Helga nachsichtig anmerkte: „Ach geh, Papa hat die Kastanien für die Bastelstunde vergessen?“ oder erstaunt feststellte: „Schau an, der Papa hat daran gedacht, bei dem schlechten Wetter die Regenhose einzupacken!“, fragte ich mich, ob sie das Müttern gegenüber auch sagte. Einmal hatte ich die Essensmarken vergessen, die man immer am Freitag für die ganze nächste Woche abgeben musste. Wir wussten, dass sie diesbezüglich sehr streng waren, und deshalb schickte mich Sarah noch einmal am Freitagnachmittag in den Kindergarten. Ich traf gerade noch Alice an, eine langhaarige, blonde Frau knapp über zwanzig, die die kleinen Stühle und Tischchen für den Montag zurechtrückte, und entschuldigte mich umständlich für mein Versäumnis, es tue mir ausgesprochen leid, aber vielleicht sei es noch nicht zu spät, und ich beteuerte, dass das niemals wieder vorkomme. Das mache doch nichts, entgegnete Alice und kam lächelnd auf mich zu, dafür hätte ich doch wirklich nicht eigens noch einmal herkommen müssen, es reiche vollkommen, wenn man die Essensmarken am Montag nachbringe. Helga, die im Nebenraum gerade den Windelbestand sichtete, merkte fröhlich an, sie würden kein Kind hungern lassen, wer da sei, bekomme auch Essen.

Als wir, vielleicht ermutigt durch so viel Nachsicht und Verständnis, an einem Freitag zwei Wochen darauf wieder einmal die Essensmarken vergessen hatten, dachten wir uns nichts dabei. Sarah gab sie nichtsahnend am Montag ab – und konnte sich von Alice, sekundiert durch Helga, einiges anhören. Ausnahmsweise, wirklich nur diesmal, würden Emma und Jakob mitessen dürfen, obwohl sie gar nicht angemeldet seien, Sarah müsse das schon verstehen, wenn das jeder so machen würde, wie sollten sie dann das Essen kalkulieren? Sarah kam geknickt nach Hause, aber innerlich brodelnd über den soeben unternommenen Versuch, sie als Rabenmutter darzustellen, weshalb sie, mittlerweile kochend vor Wut, auf mich losging mit allerlei Vorwürfen, die, wie ich fand, nichts mit dem Tatbestand zu tun hatten, für den wir ja, wenn schon, gemeinsam zur Verantwortung gezogen werden mussten. Solche Situationen, die sich erstaunlich schnell zu emotionalen Auseinandersetzungen hochschaukeln konnten, beendete sie gerne mit dem Vorwurf: „Und wann reparierst du endlich das Licht im Vorzimmer?“, obwohl sie wusste, dass das nie geschehen würde, um mir abschließend das Totschlagargument entgegenzuschmettern, dass andere Männer sich um so etwas kümmern würden. Manchmal wehrte ich solche Angriffe noch mit der Frage ab, wann sie denn endlich aufhören würde, Dinge im Internet zu bestellen, die ohne verwendet worden zu sein in irgendwelchen Winkeln unserer Wohnung verstaubten, und damit die Umwelt und heimische Arbeitsplätze zu zerstören – auch wenn mir bewusst war, dass es keinerlei Zusammenhang mit den vergessenen Essensmarken gab, aber um die ging es längst nicht mehr.

Und dann waren da auch die Momente kleiner Triumphe, die man sich nur mit einem schlechten Gewissen eingestand, von denen man aber am Abend stolz Bericht erstattete und die einen als Ehepaar zusammenschweißten.

Unsere Kinder waren zum Beispiel immer unkompliziert, was die Übergabe im Kindergarten anging. Die Eingewöhnungsphase verlief bei beiden ohne Schwierigkeiten, zuweilen warfen wir uns vor, wir seien kaltherzige Eltern, weil wir die Kleinen, sobald sie ihre Hausschuhe anhatten, die Jacken und der Kindergartenrucksack am Haken mit dem jeweiligen Zeichen hingen, zum Gruppenraum begleiteten, wo sie sich sofort von uns lösten und sich eine Spielgruppe suchten.

In Jakobs Kleinstkindergruppe gab es jedoch einen kleinen Buben, der fast jedes Mal jämmerlich weinte, wenn er von seinem Vater gebracht wurde. Er schluchzte vor sich hin, während ihm der Vater die Schuhe und die Jacke auszog, aus seinem Gebrabbel kristallisierten sich langsam die Silben „Meme … Meme …“ heraus, noch mit einem verschluckten e-ähnlichen Laut, und steigerten sich, als es Richtung Gruppenraum zu gehen drohte, zu einem für alle klar verständlichen „Mama! Mama!“-Imperativ, nun schon mit einem a, das so offen war, wie es die Anatomie des Unterkiefers eines Anderthalbjährigen nur zuließ. Jakob schaute betroffen zu ihm hinüber, während ich ihm die Hausschuhe anzog und so tat, als bekäme ich nichts mit. Ich schwankte hin und her zwischen Mitleid mit dem Vater und Schadenfreude. Letztere empfand ich vor allem nach jenen Nächten, in denen wir kaum geschlafen hatten. Es war nur so etwas wie ausgleichende Gerechtigkeit, sagte ich mir. Allerdings war natürlich nicht gesagt, dass der Bub neben Jakob die Nacht durchschlief … Ich fragte ihn – den Vater – allerdings nicht danach. Ich war nicht der Typ, der mit anderen Eltern mehr Smalltalk führte als nötig. Diese im kollektiven Elternwörterbuch abgespeicherten Phrasen kamen mir nur schwer über die Lippen: „Wie sind so die Nächte?“ „Wird er noch gestillt?“ „Isst sie schon feste Nahrung?“ „Geht ihr schon aufs Töpfchen?“ Dabei waren das in der Tat die grundlegenden Fragen, von denen ein Großteil unserer Lebensqualität abhing. Wann Jakob endlich keine Windel mehr brauchen würde und wann Emma nicht mehr jede Nacht zu uns kommen würde, beschäftigte mich in der Tat mehr als die Frage, ob die Sprache das Denken beeinflusste oder umgekehrt oder ob es gar keinen Zusammenhang gab (eine Frage, über die ich nach dem Studium sogar beinahe eine Doktorarbeit zu schreiben begonnen hatte).

Wie war das wohl bei dem armen Vater und dem Buben? Wie hieß der Bub überhaupt? Ich konnte mir nie die Namen fremder Kinder merken. „Gut, dass du nicht in der Schule unterrichtest", pflegte Sarah zu sagen. Vielleicht war das mit ein Grund, weshalb ich Gespräche mit anderen Eltern mied. Irgendwann hätte ich ja doch den Namen ihres Kindes aussprechen müssen. Am liebsten wäre mir gewesen, wenn das Jakob für mich ausfindig gemacht hätte – sowohl wie der Bub hieß, als auch ob er seine Eltern in der Nacht schlafen ließ. Vielleicht wusste es Jakob sogar! Laut einer These denken Babys, lange bevor sie sprechen lernen. Aber denken sie dann auch Namen? Sagen sie sich: „Ah, da ist ja der Rudolf, der spielt mit dem Bagger, mit dem eigentlich ich spielen wollte"?

Der Vater schob nun Rudolf – ich nannte den Zwerg, der mittlerweile aus Leibeskräften „Mama! Mama!" brüllte, der Einfachheit halber so – in Richtung Alice (das war die Junge) und murmelte dabei, wenn ich richtig hörte, so sinnlose Sätze wie „Du weißt doch, Dienstag ist immer Papa-Tag" oder „Tja, da muss jeder mal durch ..." – wahrscheinlich indirekt an die Erwachsenen um sich herum gerichtet, also auch an mich.

Mir war klar, dass das in höchstem Maße illoyal war, aber ich war stolz auf meinen kleinen Jakob, wie er da selbstbewusst, mit beiden Händen seine Jausenbox festhaltend, an Alice und dem heulenden Rudolf vorbei in den Gruppenraum marschierte, ohne sich nach mir umzudrehen.

Die Höchststrafe kam für den anderen Vater aber erst. Als wir uns beide im Vorraum schweigend die Schuhe anzogen, wurde es auf einmal still. Rudolf hatte aufgehört zu weinen. Er saß auf dem Schoß von Alice und ließ sich von ihr einen Teddybären zeigen. In dem Moment wurde mir bewusst, dass ich nicht anders war. Letzten Endes konnte in der Nacht nur Sarah Jakob beruhigen, wenn er nicht zu schreien aufhören wollte oder wenn Emma krank war und vor Husten weinte. Aktiver Vater hin oder her.

Einmal hielt mir eine Frau in meinem Alter auf einer Geburtstagsparty vor, nachdem ich ihr in etwas leidendem Tonfall von unserem Familienleben erzählt hatte, es sei doch nichts als lächerlich, wenn ich als Mann darüber klagen würde, dass ich zu wenig Schlaf bekäme. Das sei wie Männerschnupfen. Sie schüttelte abschätzig den Kopf, und ich verstummte. Ich musste ja wirklich nicht die halbe Nacht auf einer Seite liegen, damit Jakob an meine Brust kam. Ich war zwar bei beiden Geburten dabei gewesen, aber ich hatte natürlich keine Ahnung, wie sich das anfühlte, einen Menschen aus sich herauszupressen. Hielt ich mich am Ende für etwas Besseres, für einen modernen Mann, weil ich zweiundzwanzig Stunden im Kreißsaal auf einem Drehhocker saß, die Hand meiner Frau streichelte, ihr gut zuredete, die Musik einschaltete, die sie hören wollte, sie wieder ausschaltete, wenn es sie nervte, die Hebamme rief, wenn wir glaubten, es ginge endlich los, besorgt auf den Bildschirm mit den Herzfrequenzen von Mutter und Kind schaute, obwohl ich die Kurven und das Piepsen nicht deuten konnte – und weil ich am Ende, als es endlich vorbei war, die Nabelschnur durchschnitt und das Kind als Erster hielt, weil meine Frau unten genäht werden musste? Manchmal erzählte ich tatsächlich wie von einer Heldentat davon, vor allem gegenüber Männern, die bei der Geburt ihrer Kinder nicht dabei gewesen waren. Ich warf ihnen das unterschwellig vor, mit dem Gefühl des Überlegenen: Ich habe etwas erlebt, was ihr nicht erlebt habt und was ihr auch nie nachholen könnt. Die meisten Frauen fanden das gut, sogar die älteren, aus der Generation meiner Eltern, waren der Meinung, dass das ein Fortschritt sei, und bedauerten, dass es früher nicht möglich gewesen sei. Allerdings war während der beiden Geburten ich diejenige Person im Kreißsaal, auf deren Anwesenheit man am ehesten hätte verzichten können. Sogar Sarah hätte das ohne mich problemlos hinbekommen, auch wenn sie nachher immer wieder beteuerte, wie gut es sei, dass ich dabei gewesen war, dass sie froh war, nicht allein sein zu müssen, und dass ich das wunderbar gemacht hätte. Aber was hatte ich denn wunderbar gemacht? Dass ich mich zweiundzwanzig Stunden lang mit Kaffee wachhielt und zuschaute, wie Sarah immer größere Schmerzen bekam, wie sie nach Schmerzmitteln verlangte, wie sie, nach ungefähr siebzehn Stunden, die Hebamme anflehte, einen Kaiserschnitt zu veranlassen und diese nur sachlich, beinahe gekränkt und mit einem Anflug von Hohn entgegnete, dafür sei es viel zu spät, außerdem hätten das bisher die meisten Frauen hinbekommen? Ja, ich bildete mir etwas darauf ein, dabei gewesen zu sein und mitreden zu können, ein emanzipierter Mann zu sein, nicht so wie die Alten, das war doch mein Beitrag zur Gleichberechtigung der Geschlechter! Aber sie hatte Recht, diese Frau von der Party. Denn wenn es nachts im großen Bett zu eng wurde für uns vier, flüchtete ich mich auf die Couch, wo ich für mich war, außer die paar Stunden, die Jakob bei mir zu liegen bereit war, ehe ich ihn wieder zurück zu Sarah und Emma brachte. Andererseits konnte Sarah die ganze Nacht liegen bleiben, während ich Jakob aus dem Bett hob, ihn wickelte, ihn umzog, wenn er nass war, mit ihm auf und ab ging und ihn dann wieder ins Bett legte, während ich ihr ein Glas Wasser brachte und während ich mit Emma aufs Klo ging und sie ebenfalls umzog, wenn sie es nicht schaffte und sich unterwegs anmachte. Und auch, wenn ich auf der Couch lag, war ich mit einem Ohr immer bei den anderen und wartete darauf, dass ich gebraucht wurde.

Aber wog das das nächtelange Stillen auf? Die wunden Brustwarzen? Die Schmerzen bei der Geburt und die neun Monate davor?

Konnte man überhaupt das eine gegen das andere aufrechnen und einen Zwischenstand bestimmen, wie bei einem Fußballmatch? Stand es drei zu eins für Sarah? Oder nur zwei zu eins? Oder steuerten wir sogar auf ein Unentschieden zu?

Die Frage, die sich mir nach der Unterhaltung mit der Frau auf der Geburtstagsparty stellte, war, ob man mir als Mann – als weißem, heterosexuellem Cis-Mann in einem der reichsten Länder der Welt, also ohne einer Minderheit anzugehören oder irgendeine Art von Diskriminierung erfahren zu haben – ob man mir aus diesem Grund das Recht absprechen durfte, über Kinder, Familie und die

Ungerechtigkeiten zwischen den Geschlechtern zu reden. Ich wollte aber darüber reden. Es ging mich ebenso etwas an. Wenn ich mich andererseits nicht dafür interessierte, würde es heißen, typisch Mann, der schaut nur auf sich und seine Karriere und wirkt emsig daran mit, das Patriarchat zu erhalten. Wenn ich mich einmischte – wenn ich in Karenz ging, wenn ich das, was früher nur die Mütter machten, auch machte –, hieß es, was weiß der schon, nur weil er wickelt und kocht, hat er doch keine Ahnung, wie sollte er auch, er ist ja nur ein Mann. Und dann kommt er sich auch noch als etwas Besseres vor. „Oh, du Armer … Eine Runde Mitleid, bitte", hörte ich die Frau von der Party.

NOCH 7 TAGE

Gleich nach dem Frühstück fuhren wir zur mittelalterlichen Burg von Arundel, eine gute halbe Stunde von Amberley entfernt. Auf der Fahrt dorthin schlief Jakob im Auto ein, da er die Nacht zuvor mehrmals aufgewacht war. Als wir ankamen und das Auto auf dem Besucherparkplatz, der sich langsam zu füllen begann, im Schatten abstellten, schlief er immer noch, und wir beschlossen, ihn bei offenen Türen auf dem Rücksitz zu lassen. Ich blieb, wie meistens in solchen Fällen, bei Jakob und würde später mit ihm zu den anderen dazustoßen.

Ich setzte mich in Sicht- und Hörweite des Autos mit dem Knausgård auf eine Bank und begann zu lesen. Ich wusste, ich hatte nun mindestens zwanzig Minuten Zeit, vielleicht sogar länger, ohne ein schlechtes Gewissen haben zu müssen, da ich ja auf Jakob aufpasste. Wenn er aufwachte, würde ich Sarah anrufen und fragen, wo sie waren. Der Parkplatz füllte sich langsam mit Autos. Die Sonne schien zwischen den Blättern auf den Kies, wo die hellen Flecken immer größer wurden und die dunklen verdrängten. Der rechte obere Rand der Buchseite strahlte nun weiß und auf meinem rechten Unterarm wurde es angenehm warm. Noch war unser Auto im Schatten.

„Das schaut ja richtiggehend nach Urlaub aus!"

Mona kam auf mich zu.

„Man muss nehmen, was man bekommt." Ich platzierte die alte Eintrittskarte vom letzten Zoobesuch als Lesezeichen zwischen den Seiten und klappte das Buch zu.

Den abgerissenen Zeitungsstreifen von Mona weiter vorne ließ ich drinnen, für den Fall, dass sie weiterlesen wollte. „Was machst du eigentlich hier?“, fragte ich. „Willst du dich etwa aus dem Staub machen? Aber keine Sorge: Wenn sie mich fragen – ich habe dich nicht gesehen“, sagte ich.

„Keine schlechte Idee. Kommst du mit?“

„Ich lese lieber noch ein bisschen.“

„Schade. Dann schnappe ich mir einen anderen Mann, mit dem ich durchbrenne. – Aber im Ernst: Ich soll dich abholen. In der Burg ist so viel los, dass wir uns entschieden haben, gleich in den Park zu gehen, am anderen Ende gibt es einen Ententeich mit einem Spielplatz. Die anderen sind schon vorausgegangen. Sarah hat ein paar Mal versucht, dich anzurufen.“

Ich zog mein Handy aus der Hosentasche und stellte fest, dass der Akku leer war.

Sogar abgeschwächt durch Mona als Überbringerin der Botschaft war der Vorwurf nicht zu überhören. Ich legte das Buch auf das Autodach, nahm den Kinderwagen aus dem Kofferraum, klappte ihn auf, schüttelte die Brösel vom Bezug und hob den schlafenden Jakob vorsichtig hinein. Dann zog ich rasch das Sonnendach herunter. Er reckte sich ein wenig, ballte die Fäustchen und murmelte etwas, schlief aber weiter. Das Buch nahm ich vom Dach und legte es in den Kofferraum.

So schritten wir zu dritt über den Parkplatz zum Eingangsbereich, wo wir direkt zur Gartenanlage gingen, vorbei an der Menschenschlange, die sich vor dem Eingang zu den Innenräumen der Burg gebildet hatte. Mona hatte mein Ticket dabei, das Sarah gemeinsam mit dem Familieneintritt gekauft hatte. Ein netter Herr, einer der vielen ehrenamtlichen Mitarbeiter, öffnete für mich und den Kinderwagen das Tor neben dem Drehkreuz.

„Der hält uns wahrscheinlich für eine Familie", sagte Mona.

„Henry wäre zufrieden mit uns."

An der Rückseite der Burg, wo sich eine weitläufige, strahlend grüne Gartenlandschaft öffnete, stand ein zu einem Imbissstand umfunktionierter alter VW-Bus.

„Nehmen wir noch etwas zu essen mit", sagte ich.

„Wir haben doch erst gefrühstückt."

„Bis wir bei den anderen sind, werden die Kinder hungrig sein. Wenn Jakob aufwacht, will er sein Mittagessen haben. Das bisschen Jause, das wir eingepackt haben, reicht niemals aus."

Ich kaufte zwei Portionen Potato-Wedges, drei Würstel und zwei Baked Potatoes – einmal mit Cheddar- und einmal mit Baked-Beans-Füllung.

„Emma liebt Baked Beans", klärte ich Mona auf, die die beiden in Alufolie gewickelten Kartoffeln mit skeptischem Blick musterte. „Sie soll die Bohnen herauslöffeln, wenn sie das andere nicht essen will. Und der mit Cheddar ist für mich."

Der Weg zum Ententeich war unmissverständlich beschildert. Jakobs Zehen, die unter dem Sonnendach hervorlugten, bewegten sich und er zog den Vorfuß zu sich heran – so wie ich es tat, wenn ich in der Nacht einen Krampf in der Wade hatte –, ein Zeichen dafür, dass er bald aufwachen würde, daher fuhr ich mit dem Kinderwagen auf dem Schotterweg Schlangenlinien, sodass seine Füße erschlafften und er noch einmal in einen tiefen Schlaf fiel.

„Was macht dein Knausgård?", fragte Mona.

„Irgendwie das Gleiche wie mein Leben."

„Tatsächlich? Das musst du mir jetzt aber erklären."

„Ich fürchte, da gibt es nicht viel zu erklären. Das ist alles andere als philosophisch."

„Ich will ja auch nicht über Philosophie mit dir reden."

„Soll ich dir jetzt allen Ernstes über mein Leben erzählen?"

„Was spricht dagegen?"

„Es könnte banal werden."

„Das halte ich aus."

„Meinetwegen. Also, auf der einen Seite kommt mir mein Leben in sich schlüssig vor, es gibt keine Überraschungen, alles läuft nach Plan. Andererseits könnte ich anhand meines bisherigen Lebenslaufs keine abgeschlossene Geschichte erzählen, mit einheitlicher, voranschreitender Handlung, Entwicklung der Charaktere und so weiter."

„Du schreibst ja auch keinen Roman."

„Nein. Gott sei Dank. Wenn ich mir die einzelnen Details, die Versatzstücke meines Lebens so anschaue, haben die wenig miteinander zu tun. Ein bisschen wie ein Bild von Picasso. Da ein Auge, da zwei Nasen, da ein Ohr und ein Mund, von allem ist etwas da – aber es passt nicht zusammen."

„Ganz so ist das bei Picasso aber auch nicht, Herr Universitätslektor …"

„Tut mir leid, Frau Kunstvermittlerin. Dann wie bei Knausgård."

„Endlich! Knausgård!"

„Knausgård reiht ein Ereignis an das andere, ohne dass sich etwas entwickelt, und dennoch muss alles genau so kommen, wie es kommt. Wenn der Ich-Erzähler schreibt, dass er einkaufen geht, beschreibt er jede Ware, die er in den Einkaufswagen und nachher auf das Rollband legt und bezahlt, und dokumentiert anschließend minutiös, wie er beim Kochen die Zwiebeln schneiden, den Knoblauch schält und durch die Knoblauchpresse drückt. Daraus besteht doch das ganze Leben: Einkaufen, Zwiebelschneiden, Kochen. Und das Geld für die Zwiebeln verdienen. Dazwischen schlafen. Und dann wieder: Einkaufen, Knoblauchschälen, Kochen. Bis man eines Tages stirbt. Das war's. Es gibt nicht den einen, gewaltigen Höhepunkt, auf den alles zusteuert. Wenn schon, gibt es mehrere, kleine Höhepunkte."

„Pst. Ein Minderjähriger hört mit", sagte Mona.

„Was hat das damit zu tun? Außerdem schläft er ja."

Mona ging jetzt ganz nah neben mir und sprach leise. „Also entspricht dein Leben – oder dein Knausgård – eher dem weiblichen Orgasmus? Es klingt fast schon nach einem multiplen Orgasmus. Wow."

„Das wäre doch einmal eine literaturwissenschaftliche Untersuchung …", sagte ich, ebenfalls leise. „Halten sich männliche Autoren eher an den Aufbau der klassischen Tragödie, weil diese dem männlichen Orgasmus entspricht? Mit Exposition, Steigerung, Höhepunkt, Abfall und abschließender Erlösung?"

„Oder Katastrophe.“

„Das kommt darauf an.“

„Auf das Stück?“

„Auf den Autor, mit dem du im Bett bist.“

Die Kinder waren tatsächlich hungrig, als wir bei ihnen ankamen. Die Enten ließen sie kalt, der Spielplatz mit einer einsamen Schaukel, einer Rutsche, auf der man auf halber Strecke steckenblieb, und einer angedeuteten Sandkiste nicht weniger.

„Wir haben etwas zum Essen mitgebracht.“ Ich zeigte unsere Beute.

„Sehr gut, dass ihr daran gedacht habt!“, lobte Sarah, die entgegen meiner Erwartung gut gelaunt war. Lag das daran, dass sie sich soeben mit Stefan unterhalten hatte?

„Das war Max’ Idee“, präzisierte Mona.

„Na, Jakob, gut geschlafen?“ Sarah hob Jakob, der mit den Augen blinzelte und sich streckte, aus dem Kinderwagen und drückte ihn an sich. „Möchtest du auch mal ein stolzer Hausbesitzer sein wie Theo?“

„Und einen Garten werden sie auch haben“, erzählte Emma. „Mit einer Sandkiste!“

„Ihr kommt uns einfach mal besuchen, mit Mama und Papa“, sagte Stefan, „und dann kann Jakob mit Theo Bagger spielen.“

„Ja, das machen wir, nicht wahr, Max?“, sagte Sarah.

„Zuerst sollten wir einmal das Essen aufteilen“, antwortete ich.

Während der Heimfahrt, als die Familien wieder in getrennten Autos saßen, äußerte Sarah kurzzeitig Zweifel ob der Fortsetzung unserer Abmachung, was das abendliche Programm betraf. Das grenze ja fast schon an Partnertausch, meinte sie, wenn ich mit Mona das Pub besuche und sie mit Stefan zu Hause bleibe. Was sei denn schon dabei, entgegnete ich, England sei immerhin kein Land, in dem man ausgepeitscht werden würde, wenn man mit jemandem, mit dem man nicht verheiratet sei, etwas trinken gehe. Nach kurzem Überlegen gab sie mir Recht. Außerdem hätten wir das ja auch schon so ausgemacht, fügte sie hinzu.

„Die Kellnerin wird verwirrt sein, wenn sie jetzt uns zwei hier sieht", meinte Mona, als wir das Pub betraten und uns einen Platz suchten. „Sie wird nicht wissen, wer mit wem, wie und warum."

„Dann muss sie eben einen Nachhilfekurs in Polyamorie besuchen, wir schicken sie zum alten Henry ins Monk's House", schlug ich vor. Mona lachte. Wir setzten uns an einen kleinen, runden Tisch an der Wand.

„Habt ihr geschmust, als ihr hier wart?", wollte Mona wissen.

„Nein. Ihr?"

„Auch nicht."

„Dann könnten das doch wir zwei nachholen", meinte ich.

„Stimmt. Dann weiß die Kellnerin wenigstens, wer zu wem gehört." Ich suchte nach Anzeichen von Ironie bei dieser Bemerkung Monas, jedoch vergeblich.

Ihr Handy, das vor ihr auf dem Tisch lag, blinkte auf. „Entschuldige. Das ist Stefan. Wir haben ausgemacht, dass er mich auf dem Laufenden hält." Sie las die Nachricht. Es war alles in Ordnung, die Kinder schliefen, er und Mona sahen fern. Sie schrieb eine kurze Antwort, stellte das Handy auf lautlos und steckte es in ihre Handtasche.

„Hast du nicht manchmal Angst?", fragte Mona.

„Angst wovor?"

„Dass das schon alles war. Dass nichts mehr kommt."

„Meinst du, weil wir auf die Vierzig zugehen? Bahnt sich bei dir etwa eine kleine Midlife-Crisis an?"

„Gewöhnlich heißt es ja, dass die vor allem bei Männern auftritt", erklärte Mona. „Bei Stefan und mir ist das umgekehrt. Stefan ist sowas von zufrieden mit seinem Leben. Wenn er auch noch das Haus hat, ist er am Ziel seiner Träume angelangt. Ich hingegen frage mich, ob ich nicht irgendwo zu feige war oder zumindest zu bequem. Was ich noch alles anstellen könnte in meinem Leben."

„Ich habe einmal gehört, dass die zweite Halbzeit die spannendere sein soll", merkte ich an.

„Immerhin sind wir noch nicht in der Nachspielzeit. Was nimmst du dir vor für die zweite Halbzeit?"

„Noch ein paar Tore schießen. Das kann nie schaden."

„Bist du im Rückstand?"

„Wenigstens ein Unentschieden muss sich ausgehen."

„Besser wäre ein Sieg. Aber was ich meine: Passt das für dich? Das alles. Dieses Angekommensein. Dieser – ich hasse diese Formulierung – dieser ‚sichere Hafen der Ehe'." Mona verzog bei den letzten Worten das Gesicht.

„Haus und Garten habe ich immerhin noch nicht. Im Gegensatz zu dir …", sagte ich.

„Noch ist es nicht so weit. Und gegen einen Hund werde ich mich mit Händen und Füßen wehren, den werde ich einfach verhungern lassen."

„Stefan redet aber so von dem Haus, als würdet ihr morgen dort einziehen."

„In Gedanken richtet er schon den Bastelkeller ein und hängt die Schraubenschlüssel der Größe nach auf. Ich werde einfach im Garten meine Tore schießen. Theo und ich werden bei unserem Match das Gemüsebeet platttreten. Aber weißt du was?" Monas Tonfall veränderte sich mit einem Mal. „Können wir uns vielleicht darauf einigen, dass wir nicht über unsere Familien reden?"

„Gut. Sagen wir, wir sind Anfang zwanzig und wir haben erst begonnen zu spielen. Es steht null zu null."

„Findest du, nur mit Anfang zwanzig hat man ein Recht darauf zu hoffen, den Spielverlauf noch ändern zu können? Bist du denn nicht gespannt, was da noch so kommt?"

„Meinst du heute Abend oder ganz allgemein im Leben?"

Nach einer kurzen Pause antwortete sie: „Beides."

Wäre das ein Chat gewesen, hätte ich an dieser Stelle ein Smiley als Antwort geschickt, vielleicht ein zwinkerndes. Ich hätte versucht, die Zweideutigkeit dieses Dialogs hervorzuheben, und geschaut, wie weit ich hätte gehen können mit mehrdeutigen Anspielungen. Jetzt aber saß ich Mona gegenüber, ganz analog.

„Du brauchst nicht zu antworten", sagte Mona, die merkte, dass ich zögerte, mich kurz anlächelte und dann ihr Weinglas betrachtete, aus dem sie einen Schluck nahm. „Ich meine nur, das kann nicht alles gewesen sein."

Wir saßen eine Weile da, ohne etwas zu sagen. Mona nahm ihr Handy heraus, warf einen Blick aufs Display und steckte es wieder ein. Dann stand sie auf und entschuldigte sich. Ich schaute ihr nach, bis sie hinter der Tür zur Damentoilette verschwand. Das Lokal war inzwischen gut gefüllt, die meisten Gäste kamen zum Abendessen hierher. Unser Tisch stand etwas abseits und war nicht zum Essen gedeckt. Manchmal half es, einen Spieler auszutauschen, dachte ich. Bevor ich weiter an meiner Taktik für die zweite Halbzeit feilen konnte, bewegte sich Mona wieder zwischen den Tischen auf mich zu. Sie wirkte jetzt anders, freier als untertags – losgelöst von ihrer Rolle als Mutter eines Dreijährigen, Ehefrau und baldige Mitbesitzerin eines Hauses.

Was für eine schöne Frau.

„Du bist eine schöne Frau“, sagte ich, als sie sich setzte.

„Danke, Max.“ Sie strahlte über das ganze Gesicht. „Du kannst seit kurzem richtig gut Komplimente machen.“

„Bei dir ist es ja nicht schwer.“

„Trinken wir noch etwas?“

„Einer von uns muss noch Auto fahren“, wandte ich ein. „Wir hatten schon zwei Gläser.“

„Du fährst.“ Sie bestellte sich noch einen Wein. „Reden wir über Knausgård“, beschloss sie.

„Wie wäre es diesmal mit Roland Barthes?“, fragte ich. „Ein bisschen Sprachphilosophie?“

„Ist das deine Art, Frauen anzumachen?“

„Ganz genau. Nur hat das bis jetzt nicht funktioniert.“

„Dann lass hören.“

„Seine Texte ergeben, einzeln betrachtet, kein kohärentes Gedankengebäude. Für sich ist jeder kurze Essay schlüssig. Aber wehe, man versucht zwischen ihnen eine Systematik herzustellen. Als ich die *Lust am Text* las, war ich enttäuscht. Die einzelnen Abschnitte widersprechen sich teilweise ganz offensichtlich."

„Was willst du damit sagen?"

„Nichts. Gepflegte Konversation führen. Es ist noch zu früh zum Nachhausegehen. Und du hast noch einen Wein."

„Würde das Knausgård auch so machen? Und hoffen, dass das Gegenüber sich einen Reim darauf macht?"

„Machst du dir denn einen Reim darauf?", fragte ich.

„Darüber muss ich noch nachdenken."

Betrunken war Mona von dem weiteren Glas natürlich nicht, aber ihre Stimmung löste sich mehr und mehr, ob das nun in einem Zusammenhang mit dem Alkohol stand oder nicht.

„Ich habe nachgedacht", sagte sie auf einmal. „Es hängt natürlich alles mit dem männlichen Orgasmus zusammen. Wieder einmal."

„Alles hängt mit dem Orgasmus zusammen", stimmte ich ihr zu.

„Das wäre ein schöner Titel für einen Roman! Falls du eines Tages doch noch einen schreiben solltest. ‚Alles hängt mit dem Orgasmus zusammen.' Also: Diese eine, ganz große Geschichte, die Sinn ergibt, die gibt es gar nicht. Es kann kein Zufall sein, dass es fast ausschließlich Männer waren, die Entwicklungsromane geschrieben haben."

„Über Männer“, ergänzte ich.

„Weil das eben dem männlichen Orgasmus entspricht: Ein geradliniger, stetig steigender Aufbau ohne umständliches Vorspiel, mit Zug zum Tor, unaufhaltsam, Schuss, Treffer und Abpfiff.“

„Mitten ins Gemüsebeet“, sagte ich.

„Und danach tut sich nichts mehr, die Party ist vorüber, Langeweile. Nur inszeniert ihr das, als würdet ihr damit jedes Mal die Welt neu erschaffen.“ Mona lachte.

„Du redest gerne über Sex.“

„Wirklich?“ Sie verstummte. „Tut mir leid.“

„Keine Ursache. Da gibt es Schlimmeres.“

Es war elegant, wie Mona mit Daumen, Zeige- und Mittelfinger den Stiel des Weinglases hielt und den kleinen Finger leicht wegstreckte, während sie die Umgebung studierte, als sei diese rein zu ihrer Unterhaltung da.

„Vielleicht macht Barthes genau das“, begann ich wieder. „Er verzichtet ganz bewusst auf den einen, alles erlösenden Höhepunkt und nimmt stattdessen jedes Höhepünktchen, das sich ihm anbietet, auch wenn dieser dem vorangegangenen widerspricht.“

„Polyamorie halt.“

„Exakt. Moment: Wie meinst du das jetzt wieder?“

„Ich bin jetzt ganz platonisch, keine Angst“, sagte Mona. „Ideen-Polyamorie. Oder meinetwegen serielle Ideen-Monogamie. Man glaubt nicht an die eine, große, einzig richtige Idee, die Antwort auf alle Fragen, sondern je nach Stimmung und Kontext an eine jeweils andere. So wie wechselnde Partner, nur halt eben wechselnde Ideen.“

„Sonst wäre es Ideologie“, bestätigte ich. „Nichts ist Barthes verhasster als exklusive platonische Monogamie.“

„Das glaube ich dir einfach mal. Ich habe nämlich keine Zeile von Barthes gelesen.“

„Allerdings darf man auch nicht mit jeder Idee ins Bett gehen“, erklärte ich.

„Nein. Das muss man sich gut überlegen.“

Mona schaute mich an. Ich war mir sicher, dass sich ihr letzter Satz nicht auf Roland Barthes bezog. Aber ich wagte nicht nachzufragen. Stattdessen sagte ich: „Es kann aber auch leicht sein, dass ich Barthes einfach nur nicht verstanden habe.“

„Das kann natürlich sein.“ Mona trank den letzten Rest vom Wein aus und ließ ihren Blick durch das Lokal schweifen.

Als wir wenig später auf dem Parkplatz vor dem Auto standen, ging ich auf die Beifahrerseite und hielt ihr die Tür auf, als hätten wir soeben einen vornehmen Ball in Wien besucht.

„Danke für den schönen Abend“, sagte Mona und griff mit ihrer rechten Hand nach meinem linken Unterarm. Sie streichelte mit ihrem Daumen die Innenseite meines Arms und stand auf einmal ganz nah vor mir, wobei ich nicht wusste, ob sie sich mir oder ich mich ihr genähert hatte, vielleicht hatte sie mich auch zu sich herangezogen.

Sie küsste mich. Es dauerte nur wenige Sekunden. Ihre Lippen kamen mir vertraut vor, obwohl das nicht sein konnte. Sie hielt meinen Unterarm fest, als hätte sie Angst, ich würde mich von ihr lösen. Dann schaute sie mir in die Augen und ließ meinen Arm los.

„Anscheinend hat Roland Barthes dich doch überzeugt“, sagte ich verlegen.

„Nein. Das war Max.“

Im Auto sprachen wir nicht miteinander, wir schlichen in das dunkle Haus, in dem es still war. Auf dem Treppenabsatz verabschiedeten wir uns voneinander.

„Gute Nacht, Mona.“

„Schlaf gut.“

Mona stieg die Treppe hinauf und ich ging ins Wohnzimmer, wo ich stehenblieb und wartete, obwohl ich ja den gleichen Weg hatte wie sie. Ich hörte, wie Mona im Badezimmer Zähne putzte, die Klospülung betätigte und anschließend in ihr Zimmer ging. Ich trank in der Küche noch ein Glas Wasser, ehe ich ebenfalls hinaufging.

Erst als ich im Bett lag – die Kinder befanden sich ausnahmsweise in ihren eigenen Betten – und neben mir Sarahs regelmäßigen Atem hörte, bedachte ich den Abend in einem größeren Zusammenhang: Da schliefen meine Frau und meine Kinder, nichtsahnend, und ich hatte soeben eine Frau geküsst, die mir seit ein paar Tagen den Kopf verdrehte, wie ich es bis vor Kurzem nicht für möglich gehalten hätte. Oder vielleicht war das schon vor längerer Zeit passiert, das vermochte ich nicht mehr zu entscheiden. Dann verspürte ich ein mulmiges Gefühl im Bauch, eine Art schlechtes Gewissen, mir wurde heiß und für den Bruchteil einer Sekunde kam mir sogar der Gedanke, dass ich Sarah vom Kuss erzählen müsste, wenn sie just in diesem Moment aufwachen würde. Doch sie wachte nicht auf. Danach gewannen schnell wieder die angenehmen Gedanken die Oberhand, ich sah mich mit Emma und Jakob den Hügel erklimmen und dem Traktor bei der Arbeit zuschauen, und ich schlief zufrieden ein.

NOCH 6 TAGE

Die nächsten Tage waren verregnet, es war ein typisches Englandwetter, was mir Sarah auch nicht vorzuhalten versäumte: „Immer du mit deinem England.“ Wir blieben im Haus. Emma zog sich mit ihren Barbiepuppen in ihr Reich zwischen Couch und Bücherregal zurück und spielte in ihrem Versteck, das sie gegen Jakob und Theo zu verteidigen wusste, stundenlang allein. Ich sah ihr an, dass sie es genoss, kein Programm absolvieren zu müssen, sondern in Ruhe gelassen zu werden. Den Kampf gegen die Barbiepuppen hatte ich längst aufgegeben. Bevor Emma auf die Welt gekommen war und auch die ersten zwei Jahre danach noch war ich felsenfest davon überzeugt, dass meine Kinder nicht in die stereotypischen Geschlechterrollen fallen würden. Und nun hatte ich eine fünfjährige Tochter, die ihre halb verhungerten Barbiepuppen für ihre Kinder hielt und sie ausschließlich rosa kleidete, und einen zweijährigen Sohn, der aus dem fahrenden Kinderwagen zu springen bereit war, wenn er in der Ferne einen Bagger oder einen Traktor ausmachte. Ich konnte beschwören, dass ich nichts damit zu tun hatte und dass ich Jakob keine Vorlage lieferte für seine Begeisterung für alles, was Räder hatte, da mir Autos und Bagger und alles Technische aus ganzem Herzen gleichgültig waren. Dass das angeboren sei, das wollten allerdings Sarah und ich auch nicht glauben. Zu unserer Beruhigung jedoch stellten wir fest, dass Jakob von Zeit zu Zeit Emmas Puppenwelt betrat und gemeinsam mit ihr die Magersüchtigen aus Plastik an- und auszog und sie mit seinem Bagger herumfuhr.

Wir erklärten uns das damit, dass Jakob und Emma dieses Verhalten im Kindergarten und bei anderen Kindern beobachteten, wodurch der gewisse geschlechtsspezifische Anteil, der entgegen unserer ursprünglichen Überzeugung am Ende doch angeboren war, bekräftigt wurde. Vor unseren urbanen, aufgeklärten Freunden verschwiegen wir diese Theorie selbstverständlich und rechtfertigten uns, indem wir das Spielverhalten unserer Kinder dem sozialen Umfeld in die Schuhe schoben. Außerdem dachte ich mir: Sollte Emma doch Barbiehochzeit spielen, wenn es sie glücklich machte, was ganz offensichtlich der Fall war.

Mit Mona hatte ich mich seit unserem Kuss nicht mehr unter vier Augen unterhalten. Ein wenig kam es mir auch so vor, als gingen wir einander aus dem Weg und vermieden es, vor den anderen miteinander zu reden. Wenn sich jedoch unsere Blicke begegneten, schauten wir uns einige Sekunden lang in die Augen.

Einmal stand ich im Waschraum, der durch einen kurzen Gang mit der Küche verbunden war, und hängte unsere Wäsche auf, da kam Mona dazu, mit der Schmutzwäsche ihrer Familie.

„Hey“, sagte sie.

„Hallo.“ Und nach einer Weile fragte ich: „Du musst auch Wäsche waschen?“

„Ich glaube schon.“

Sie lehnte sich an die Kommode und schaute mir zu.

„Schicke Boxershorts“, sagte sie.

„Meinst du die, die ich gerade aufhänge?“

„Ich kann nur die beurteilen.“

Ich blickte in ihren Wäschekorb, obenauf waren aber nur die verdreckten, angesabberten Bodys und Strampler von Theo zu sehen. Die stopfte Mona nun in die freigewordene Trommel. Ehe sie zu Stefans und ihrer eigenen Wäsche kam, drehte ich mich weg und hantierte am Wäscheständer.

Auf einmal spürte ich Monas Hand auf meiner Taille. Dann legte sie ihr Kinn von hinten auf meine Schulter und schmiegte ihre Wange gegen meine. Ich wagte es nicht, mich zu bewegen. Ich fühlte ihre Brüste auf meinen Schulterblättern. Wir standen da und sagten nichts. Wie erstarrt hielt ich Jakobs Pyjama in der Luft, auf halbem Weg zum Wäscheständer.

In der Küche waren flinke, hüpfende Schritte zu hören und Mona löste sich von mir.

„Papa?“ Emma kam herein. „Was machst du da?“

„Na, wonach schaut es denn aus?“, fragte ich, während ich einen Schritt von Mona wegmachte und den kleinen Pyjama mit einer bedeutsamen Geste schüttelte, bevor ich ihn aufhängte. „Ich räume die Waschmaschine aus. Magst du mir helfen?“

„Nein, danke, lieber nicht ... Ich gehe wieder spielen.“

„Ich komme dann einfach später“, sagte Mona laut und folgte Emma hinaus.

NOCH 4 TAGE

Die Sonne schien endlich wieder vom strahlend blauen Himmel wie auf einem nachbearbeiteten Werbeplakat für Jesolo, was in England zwar keine Garantie dafür war, dass es nicht noch am selben Tag regnen würde, aber es war zumindest eine günstige Ausgangslage, um dem Strand von Littlehampton eine zweite Chance zu geben.

Wir waren recht spät dort, da wir erst die im ganzen Haus verstreuten Sandspielzeuge einsammeln mussten, zudem gerieten wir in den Vormittagsverkehr im Ballungsgebiet rund um Brighton, an dessen westlichem Ausläufer Littlehampton lag. Dafür hatten wir diesmal genug Schwimmwindeln für Jakob mit. Wir errichteten unser Lager nahe an der Straße, damit wir, im Falle eines plötzlichen Wetterumschwungs, schneller beim Auto wären als das letzte Mal, als wir vom Regen überrascht worden waren.

Das Wetter hielt und für einige Zeit hätte man beinahe glauben können, wir wären in Italien oder in Griechenland und nicht an einem Strand anderthalb Stunden südlich von London.

„Wer sagt's denn, das ist ja ein richtiger Tag am Meer, ich hätte nicht gedacht, dass wir in England noch zum Baden kommen!", zeigte sich Stefan erfreut, als er mit Mona zum Platz zurückkam, wo ich in der Zwischenzeit auf unsere Sachen aufgepasst hatte. Die Kinder spielten weiter vorne, nah am Wasser, unter der Aufsicht von Sarah, die neben ihnen im Sand saß.

„Du kannst dich gerne zu deiner Liebsten gesellen", sagte Stefan, „wir lösen dich als Wache ab." Er reichte Mona ein Badetuch und trocknete sich selbst mit einem anderen ab.

Sarah stützte sich gerade mit den Armen hinter dem Rücken ab und hielt ihr Gesicht in die Sonne. Ich sah sie nur von hinten und dachte, dass sie immer noch eine wirklich attraktive Frau war, auch nach zwei Kindern. Ich wusste, wie gerne sie die Sonne hatte.

„Danke, ich sitze ganz gut hier", lehnte ich aber Stefans Angebot ab.

„Liest du immer noch das dicke Buch da?", fragte er.

„Ja. Knausgård."

„Ist das dieser Holländer, über den ihr zwei vor ein paar Tagen geredet habt?"

„Er ist Norweger", berichtigte Mona.

Stefan streifte sich ein T-Shirt über den Bauch und stieg aus seiner nassen Badehose. Er stand nun unten entblößt zwischen Mona und mir. Da wir etwas abseits waren und die nächsten Menschen sich in einiger Entfernung befanden, so auch Sarah und die Kinder, machte sich Stefan keine Mühe, sich zu bedecken. Er wandte sich zu Mona, um ihr etwas zu sagen, wobei er mir wieder seinen haarigen Hintern präsentierte wie am zweiten Abend, als ich gedacht hatte, Mona beim Duschen zu ertappen. Ich fragte mich, ob ich von hinten nackt auch so aussah. Als er angezogen war, hielt er Mona das Handtuch vor. Während sie an sich herumhantierte, endlich das Unterteil des Bikinis an ihren Füßen herabglitt und ihr Stefan die Unterwäsche reichte, sah ich im Hintergrund Sarah, wie sie sich zu den drei Kindern beugte und sich von ihnen zeigen ließ, was sie gebaut hatten. Stefan nahm das Handtuch weg und ließ es in den Sand fallen. Monas Brustwarzen zeichneten sich unter dem BH ab, ihr war kalt. Sie schlüpfte schnell in ihre Jeans und suchte in dem Haufen aus Kleidungsstücken und Handtüchern nach ihrem Oberteil. Ihr Busen war etwas flacher als Sarahs, hatte aber eine schöne, runde Form – wenn vielleicht auch begünstigt durch den BH.

Wenig später wiederholte sich diese Szene mit Sarah, die von Mona und Stefan abgelöst wurde, nachdem sie mit den Kindern im Wasser gewesen war. Da außer mir nach wie vor keine anderen Badegäste in der unmittelbaren Nähe waren, warf sie sich das Handtuch nur über die Schultern und ließ es vorne offen, sodass ich alles sah. Die Situation kam mir irgendwie unangebracht vor, ich war irritiert und hätte beinahe weggeschaut. Gleichzeitig hatte es etwas sehr Alltägliches, Routinehaftes, ja, Unaufregendes. Dabei mochte ich Sarahs weiche, volle Brüste, ihren Körper, der nicht mager war, sondern genau richtig, und der mir so vertraut war. Für einen Moment überkam mich ein Gefühl von Wehmut, als handle es sich um eine Art von Abschied, und als sich unsere Blicke kreuzten, bildete ich mir ein, ihre wollten mir etwas sagen.

Maria war einen Kopf kleiner als ich und hatte eine fröhliche, quirlige Natur, die von den blonden Locken sehr passend unterstrichen wurden, wie ich fand. Ihr Blick war meistens schelmisch und sie lachte viel. Ihr Busen war üppig, und schon seit unserem Kennenlernen auf der Party verspürte ich den dringenden Wunsch, ihn anzufassen. Das teilte ich ihr einmal auch unumwunden mit, nachdem wir wieder Kontakt aufgenommen hatten, das heißt, nachdem ich sie wieder angeschrieben hatte, weil ich es nicht lassen konnte. Sie antwortete nur mit einem zwinkernden Smiley. Und als ich sie wenig später fragte, ob ihre Schamhaare auch blond und gelockt wären, schrieb sie mir, das müsse ich schon selbst herausfinden. Danach verstummte unser Chat wieder für eine Weile.

Eines Abends bekam ich eine Nachricht von ihr. Wir könnten am Freitag etwas trinken gehen. Ihr Freund sei eine Woche weg. Und sie schlug ein Lokal vor, das ganz in der Nähe ihrer Wohnung lag. Dass sie auf unsere Busen- und Schamhaar-Unterhaltung mit keinem Wort anspielte, verlieh dem Ganzen erst recht eine Ernsthaftigkeit. Ich sagte zu. Sarah erzählte ich, ich würde einen Freund treffen.

Dann war der Freitagabend da. Als ich Emma und Sarah „Gute Nacht" sagen wollte, schliefen schon beide. Ich zog die Wohnungstür leise ins Schloss und ging zu Fuß los, da ich bis zum Treffen noch eine Stunde Zeit hatte. Ich hatte mich nicht hergerichtet, ich hatte mich lediglich am Vormittag geduscht und vor dem Weggehen ein neues T-Shirt angezogen, das war alles. Nicht einmal Zähne hatte ich geputzt. Je näher ich dem Lokal kam, desto mulmiger wurde mir zumute. War das jetzt ein Date? War ich auf dem Weg zu einem Seitensprung? Plötzlich ärgerte ich mich über Maria. Es war ein ungleiches Spiel, sie hatte so gut wie nichts zu verlieren und wusste nicht einmal, worauf ich mich da einlassen würde, wenn ich mit ihr in ihre Wohnung gehen würde. Würde es das wert sein, nur um einmal diese Brüste in die Hand zu nehmen und zu erfahren, ob ihre Schamhaare blond waren oder nicht? Ich bog ab und ging einige Straßen in die falsche Richtung. Dann würde ich eben zu spät kommen. Oder gar nicht. Vielleicht aber, dachte ich dann wieder, würde der Abend doch ganz anders verlaufen und wir würden uns nur im Lokal unterhalten, dabei würden sich womöglich unsere Unterarme, unsere Schultern berühren, mehr aber auch nicht. Ich korrigierte meinen Kurs und steuerte nun wieder geradewegs das Ziel an. Ich könnte mich an ihrem Busen sattsehen, wenn ich Glück hatte, trug sie einen Ausschnitt, ja, das war sogar nicht unwahrscheinlich. Ich nahm mein Handy heraus. Es war noch eine halbe Stunde bis zum ausgemachten Zeitpunkt. Maria wohnte gleich daneben, wenn ich ihr also jetzt absagte, wäre sie noch gar nicht außer Haus gegangen. Wie wohl ihre Wohnung aussah? Ob wir es auf der Couch oder im Bett machen würden? Was für ein dummer Gedanke! Andererseits: Es war nicht von der Hand zu weisen, dass es dazu kommen könnte. Ja, kommen würde. Aber wie verhielt man sich in so einer Situation richtig? Wenn ich mit Sarah schlief, was immer seltener der Fall war, dann war klar, was wie geschehen würde, wer was machte. Vielleicht wollte ich einfach nur wieder dieses Gefühl spüren, wie das war, wenn man sich einer Frau auf diese Weise annäherte, diese Vorfreude auf einen Abend, von dem man nicht wusste, wie er ausgehen würde. Wenn man nebeneinander saß und es in der Luft lag, dass nun der nächste Schritt kommen würde. Redete man da weiter? Verstummte man? Passierte alles von selbst? Ja, in so eine Situation wollte ich wieder geraten. Ich hatte keine Erinnerung mehr daran, wie das bei Sarah und mir am Anfang gewesen war.

Ich war nur mehr wenige Häuserblocks vom Treffpunkt entfernt, als ich abbog, einige Hundert Meter geradeaus ging und dann den Weg nach Hause einschlug. Die Entscheidung war da schon längst gefallen. Ich zog mein Handy aus der Hosentasche und schrieb Maria. Interessanterweise fiel es mir gar nicht schwer, ihr abzusagen. Es war eine nüchterne, kurzgefasste Nachricht, in der ich ihr mitteilte, dass das für mich nicht ging, dass für mich zu viel auf dem Spiel stehe, sie solle das als Kompliment auffassen, wenn wir uns vor zehn Jahren kennengelernt hätten, wäre es anders, so aber sei es das einzig Richtige, an dieser Stelle abzubrechen. Ich wartete noch ihre Antwort ab – sie war ebenso sachlich, schon fast übertrieben verständnisvoll –, dann löschte ich, noch auf dem Nachhauseweg, alle Nachrichten und auch ihre Nummer aus dem Telefon. Ich war selbst davon überrascht, wie unspektakulär es war, die Affäre im Keim zu ersticken.

Als ich die Wohnungstür aufsperrte und den vertrauten Geruch einatmete, war ich erleichtert. Es war still in der Wohnung. Ich legte mich in das leere Kinderbett und wartete darauf, dass Emma weinte und gewickelt werden musste.

Ich war als Erster unten, Emma und Jakob schliefen bereits. Theo brauchte anscheinend länger, denn Mona war noch nicht da. Stefan und Sarah waren ins Pub gegangen. Sarah hatte zuerst gemeint, sie habe keine Lust, sie würde lieber im Haus bleiben, doch dann redete ihr Stefan zu, das werde bestimmt lustig, er freue sich schon den ganzen Tag auf den Abend. Ich setzte mich auf die Couch, nahm die Fernbedienung zur Hand, zappte mich durch vier, fünf Kanäle und drehte dann wieder ab, stand auf und ging in die Küche, wo ich ein Glas Wasser trank. Ich überlegte, ob ich eine Weinflasche und zwei Gläser auf den Tisch im Wohnzimmer stellen sollte, aber das kam mir zu offensichtlich vor. Ich setzte mich wieder und schaltete den Fernseher ein. Bei einer Serie aus den Neunzigern – ein Mann und zwei Frauen unterhielten sich gerade in einer Ordination lebhaft – legte ich die Fernbedienung weg und lehnte mich zurück.

Mona kam leise die Stiegen herunter. „Er schläft endlich.“ Sie nahm neben mir Platz. „Willst du einen Fernsehabend machen?“

„Ach so. Ich weiß gar nicht, was das ist.“

„*Friends*“, klärte sie mich auf. „Da erfährt Ross, dass seine lesbische Ex-Frau ein Kind von ihm erwartet. Und mit der anderen da ist sie jetzt verheiratet.“

„Und die drei bekommen gemeinsam ein Kind. Stimmt. Es kam mir bekannt vor.“

Ich schaltete aus.

„Die beiden sind gerade weggegangen“, sagte ich.

Die beiden. Sie beim Namen zu nennen, wäre mir unangemessen vorgekommen.

„Vor zehn werden sie sicher nicht zurück sein“, sagte sie.

Es war kurz vor neun.

„Möchtest du einen Wein trinken?“, fragte ich.

„Muss nicht sein."

Wir saßen wortlos nebeneinander. Ich schaute geradeaus auf den Boden und auf Monas Füße, sie hatte keine Socken an. Ihre große Zehe war recht lang, die anderen im Gegensatz dazu kürzer und gekrümmt. Das war mir bis jetzt nicht aufgefallen. Sie hatte sich wahrscheinlich die Jeanshose übergezogen, nachdem sie schon mit Theo im Bett gelegen war. Ich hob langsam den Kopf und als mein Blick auf der Höhe ihres Gesichts ankam, schob sie eine Haarsträhne zur Seite.

„Ach, Mona …"

Ich legte meine Hand auf ihren Oberschenkel und streichelte mit dem Daumen über die Naht auf der Außenseite ihrer Jeans. Sie beugte ihren Kopf zu mir und wir küssten uns. Mit einer Hand hielt sie zunächst meinen Nacken und meine Wange, ließ sie dann hinunterwandern und schob sie unter mein T-Shirt. Nach einer Weile sagte sie: „Max – wir können auch einfach schlafen gehen. Das ist in Ordnung. Wir müssen nicht … Ich will dich nicht in irgendetwas hineinreiten."

Dabei hatte sie ihre Hand immer noch auf meinem Brustbein, während ich mit meiner mittlerweile über die Innenseite ihres Knies kreiste.

„Du reitest mich in nichts hinein", sagte ich und küsste sie wieder.

Befreit angelten wir jetzt nach dem ganzen Körper des anderen und zogen uns aneinander heran.

„Warte kurz …", sagte ich, außer Atem. „Ich bin gleich wieder da …"

„Okay.“ Mona lehnte sich zurück und richtete sich die Haare, an der Hose, deren Knöpfe bereits geöffnet waren, änderte sie nichts.

Ich schlich ins Zimmer, vorbei an den Kindern, fischte den Koffer unter dem Bett hervor und ertastete im Dunkeln das kleine Seitennetz. Zwischen einer Reisezahnbürste und einem Kamm fand ich die Kondome. Die waren noch von einer der letzten Reisen dortgeblieben, wir hatten sie drinnen gelassen, für alle Fälle. Ich nahm eines heraus, schob den Koffer wieder zurück und verließ das Zimmer. Die Kinder schliefen fest.

Hoffentlich waren sie nicht abgelaufen. Konnten Kondome überhaupt ablaufen? Oder war das so wie mit Reis: Sie waren noch Jahre nach dem Ablaufdatum gut? Auf dem Gang war es zu dunkel, um nachzuschauen.

Im Wohnzimmer wartete Mona zwischen Couch und Kamin.

„Komm“, sagte sie, nahm mich an der Hand und führte mich in die Waschküche, wo wir die Tür hinter uns schlossen. Sie zog nun ihre Hose, die immer noch offen war, ganz aus, ebenso ihr Oberteil. „Den Rest musst du selbst machen.“

„Das werde ich schon schaffen“, sagte ich, während ich mich auch bis auf die Unterhose auszog.

Auf dem Boden war ein dicker Teppich. Mona griff nach einem Badetuch, das auf der Waschmaschine lag, breitete es über den Teppich und wir ließen uns darauf nieder. Es ergab sich alles von selbst, jeder nächste Schritt, jeder Handgriff war der richtige, wir sprachen kein Wort. Mir kam es jetzt unbegreiflich vor, dass wir das noch nie getan hatten, wir waren einander so vertraut. Monas Haut schienen meine Hände längst zu kennen, der Geruch ihres Körpers war mir wohlbekannt, sie wusste genau, an welcher Stelle sie mich wie zu berühren hatte.

Ich verknotete das Kondom. „Wohin jetzt damit?“, fragte ich.

„Das ist Männersache …“, antwortete sie grinsend, während sie ihre Kleidungsstücke einsammelte.

„Soso, auf einmal zählen wieder Geschlechterrollen?“

„Ich habe schon das Handtuch beigesteuert. Arbeitsteilung, würde ich sagen.“ Sie knüllte das Handtuch zusammen, stopfte es in die Waschtrommel und legte noch ein paar Kleidungsstücke dazu.

Während wir uns anzogen und ich die Verpackung vom Boden aufhob, überprüfte ich das Ablaufdatum. Das war erst in zwei Jahren. Bevor wir die Waschküche wieder verließen, standen wir noch mehrere Minuten eng umschlungen da. Mona schob ihre Zehen über meine, die jetzt auch nackt waren.

Danach ging ich mit dem Kondom hinaus auf die Straße und warf es in den nächsten öffentlichen Mülleimer, der zum Glück nicht weit entfernt war.

Als Sarah und Stefan nach Hause kamen, es musste kurz nach zehn sein, war ich noch wach, stellte mich aber schlafend. Das Bett federte leicht, als sich Sarah niederlegte. Sie atmete einige Male aus, als wollte sie etwas sagen. Merkte sie eine Veränderung an mir? Aber hatte diese Veränderung nicht schon vor langer Zeit eingesetzt? Ihr war nie etwas aufgefallen. Wollte sie von ihrem Abend mit Stefan erzählen? Dann drehte sie sich weg.

Ich konnte lange nicht einschlafen und ging mehrere Male aufs Klo, wo ich mein Handy aufdrehte, als würde mir Mona jetzt noch schreiben. Dabei sahen wir uns in wenigen Stunden wieder. Wie würde das sein? Was würden wir reden? Es musste nach Mitternacht gewesen sein, als ich endlich in den Schlaf fand. Obwohl die Kinder nicht aufwachten und bis zum Morgen in ihren Betten blieben, war es eine alles andere als ruhige Nacht für mich.

NOCH 3 TAGE

„Stefan und ich haben gestern im Pub überlegt, was wir die restlichen Tage unternehmen könnten", sagte Sarah beim Frühstück. „Uns bleiben ja nur mehr drei."

„Wenn man den Abreisetag nicht mitrechnet, sind es zwei Tage", präzisierte Stefan. „Und am letzten Tag müssen wir packen, also anderthalb."

„Ich will aber noch nicht fahren", protestierte Emma.

„Ich auch nicht, ich auch nicht", stand ihr Theo zur Seite.

„Ihr zwei versteht euch ja gut, oder?", sagte Mona und streichelte Theo über den Kopf.

„Ihr werdet euch noch oft sehen", meinte Sarah, „wir treffen uns ja nach dem Urlaub wieder."

Ich fühlte mich wie ein unbeteiligter Zuseher. Auf einmal überkam mich eine Traurigkeit, eine beinahe kindische Sentimentalität, wie wenn man als Jugendlicher Ende August feststellte, dass die Sommerferien fast vorüber waren. In Wien wartete wieder der Alltag. Ich hatte den ganzen Morgen kaum etwas gesagt.

„Und welchen Plan habt ihr ausgeheckt?", fragte ich jetzt.

„Das wollten wir soeben mit euch besprechen", meinte Stefan. „Wir haben einmal folgende Vorschläge herausgesucht." Er holte sein Handy aus der Hosentasche.

„Warum darf er bei Tisch was auf dem Handy schauen?", fragte Emma.

„Das ist was anderes, Emma …", erklärte Sarah.

„Warum ist das was anderes?"

„Wir müssen was Wichtiges besprechen, weißt du?“, sagte sie.

„Ich muss auch was Wichtiges am Handy schauen!“

„Auch Handy schauen! Auch Handy schauen!“ Jakob eilte seiner Schwester zu Hilfe.

„Mir ist es egal … sollen sie schauen …“, entschied Sarah.

„Ja, Theo, du darfst auch …“, sagte Mona.

Sarah gab ihnen ihr Handy.

„Da gibt es einmal den Unterwasserzoo in Brighton“, begann Stefan. „Das ist so eine Art riesiges Aquarium und hat die besten Bewertungen … Ideal für Familien, das schreiben alle. Dann ist da noch die Schmalspureisenbahn am Strand von Brighton, ein Mini-Golf-Platz –“

„Eigentlich haben wir uns schon für den Unterwasserzoo entschieden“, verkündete Sarah. „So basisdemokratisch muss es ja nicht sein. Oder hat jemand einen besseren Vorschlag?“

„Unterwasserzoo – das klingt doch aufregend. Ich bin dabei“, sagte Mona gleichgültig.

„Meine Stimme ist somit irrelevant“, sagte ich.

„Gut, dann wäre das entschieden. Und was habt ihr zwei gestern so gemacht?“, fragte Stefan und legte das Handy weg.

Ich wagte nicht aufzublicken und hoffte, dass niemand hörte, wie ich schluckte.

„Nichts Besonderes …“, meinte Mona. „Wir haben ferngesehen, *Friends*, haben uns ein wenig über Literatur unterhalten –“

„Über diesen Finnen?“, hakte Stefan nach.

„Ja, über Knausgård, diesen Norweger. Und dann sind wir auch schon schlafen gegangen."

„Klingt etwas langweilig", sagte Sarah. Ich schaute sie nicht an.

Diesmal ging ich Mona wirklich aus dem Weg, wo es nur möglich war. Wir mussten aufpassen, dass wir uns nicht gerade dadurch verdächtig machten, dass wir nicht miteinander redeten.

Wie sollte ich mich Sarah gegenüber verhalten? Und gegenüber Stefan?

Aber sobald wir wenig später in den Autos saßen und in Richtung Brighton unterwegs waren, stellte sich überraschenderweise von selbst wieder der normale Urlaubsalltag ein, die Abläufe funktionierten, wieder einmal, ohne dass Sarah und ich uns absprechen mussten.

Der Unterwasserzoo war so, wie ich ihn mir vorgestellt hatte: Größere und kleinere Fische und andere Tiere, die im Wasser lebten, schwammen oder krochen hinter dickem Panzerglas an uns vorbei, sofern sie sich überhaupt blicken ließen und sich nicht hinter einem Kunstfelsen verschanzten. Auf sehr engem Raum waren sehr viele Besucher, die Luft war schlecht und die Kinder nur mäßig interessiert am Dargebotenen. Die größte Aufmerksamkeit zog ein Trichter mit einem einen guten Meter Durchmesser auf sich, in den man oben Münzen einwerfen konnte, die dann in vielen, vielen Spiralen immer weiter nach unten rollten und schließlich in der Mündung verschwanden und angeblich vom Aussterben bedrohten Unterwassertierarten zugutekamen. Um diese Attraktion scharten sich die meisten Kinder. Mona hatte ich im Gedränge aus den Augen verloren, sie war mit Stefan und Theo ziemlich bald in eine andere Richtung abgebogen.

Erst als mir Mona im Laufe des Vormittags eine Nachricht schrieb, während wir getrennt voneinander mit unseren Familien die Tiere hinter dem Panzerglas bewunderten, kam ich wieder ins Grübeln. Ich ging auf die Toilette, um die Nachricht in Ruhe zu lesen.

Mona: Wie geht es jetzt mit uns weiter?

Ich: Du meinst, was noch kommt?

Mona: :-)

Bei Maria war ich damals auf das Bremspedal gestiegen. Maria wollte eindeutig mehr als ich. Würde ich das wieder tun? Doch noch abbiegen, ohne zu blinken, obwohl ich schon geradeaus beschleunigt hatte? Aber im Gegensatz zu Maria war diesmal wirklich etwas passiert. Abgesehen davon konnte man Mona und Maria unmöglich miteinander vergleichen.

Die Gedanken schossen mir unstrukturiert durch den Kopf, während ich mich von der Menschenmenge durch den Unterwasserzoo schieben ließ und darauf achtete, Emma nicht aus den Augen zu verlieren. Sarah trug Jakob auf dem Arm. Wie es mit uns wohl weiterging? Auf Patchwork hatte ich keine Lust. Wie sollte das auch klappen? Unser Alltag war schon so anstrengend genug. Auf der anderen Seite: Wenn Sarah und ich uns die Kinder fünfzig-fünfzig aufteilen würden, dann ergaben sich ja notgedrungen auch Zeitslots, in denen Mona und ich allein wären, nur wir zwei, ohne Kinder. Das müsste man dann natürlich mit Stefan und Sarah koordinieren. Ob die jedoch ein Interesse daran hatten, Mona und mir ungestörte Stunden zu ermöglichen? Praktisch wäre es ja, dachte ich mir, rein hypothetisch, wenn Stefan und Sarah zusammenkommen würden …

Aber halt: Waren Mona und ich denn überhaupt ein Paar? Oder würden wir eins werden? Wir hatten ja nur einmal miteinander geschlafen. Und ich dachte schon an Zusammenziehen … Außerdem war ich ja mit Sarah verheiratet, wir hatten zwei Kinder miteinander und einen gemeinsamen Haushalt, die Kinder waren, alles in allem, glücklich bei uns. Ihr Interesse an unserem Liebesleben hielt sich freilich in Grenzen. – Was, wenn Sarah sich mir wieder nähern würde und mit mir schlafen wollte? Würde ich dann Mona betrügen? Aber hatte ich nicht gerade erst Sarah betrogen? Oder betrog ich sie schon lange – seitdem ich mich mit Mona – gut verstand? Hatte ich mich verliebt in Mona? Wollte ich nur Sex mit ihr, sonst nichts? Was war mit Mona und Stefan? Stefan würde auch wieder einmal mit seiner Frau schlafen wollen, wenn sie zu Hause waren und das Schlafzimmer für sich hatten. Schlief Theo eigentlich noch bei ihnen im Bett? Das könnte ich Mona einmal unauffällig fragen. – Mona war mir auch als ganz normale Freundin wichtig, als Freund, mit dem ich gute Gespräche führen konnte. Ich wollte nach dem Sex im Bett liegen bleiben mit ihr und über Knausgård reden, vielleicht würden wir beide endlich Virginia Woolf lesen und uns darüber unterhalten. So ähnlich, wie damals mit Pauline. Allerdings hatte ich da noch keine Familie und mir stand noch fast alles offen.

Doch jetzt – jetzt hatte ich Mona Tag für Tag um mich, ich musste sie gleichzeitig mit Stefan und mit Sarah sehen. Höchste Zeit, dass dieser Urlaub zu Ende ging. Früher oder später würde Sarah draufkommen. Aber besser nicht hier, solange wir alle auf so engem Raum zusammengepfercht waren. Vor den Kindern. Was sollte mit den Kindern passieren? Was würde Emma sagen, wenn sie erfahren würde, dass ich ihre Mama verletzt hatte? Aber wie oft hatte mich Sarah schon verletzt, nur anders, mich vor den Kindern oder anderen bloßgestellt! Wie kamen die Kinder dazu, dass sie das ausbaden mussten, was wir ihnen eingebrockt hatten? Nein, nein, das ging nur mich etwas an, mich und Mona, das mussten wir zwei klären.

Nach dem Mittagessen auf dem Gelände des Unterwasserzoos (es gab Pizza und Pommes) spazierten wir die Promenade am Meer entlang, ließen uns an einem freien Tisch in unmittelbarer Nähe eines Spielplatzes nieder und holten uns Kaffee, Tee und Säfte aus einem Straßencafé. Die Kinder erkundeten das Klettergerüst und die Wippe, an dessen Ende jeweils ein Seepferdchen als Sitz befestigt war, während jeder von uns vier Erwachsenen sich allein beschäftigte. Stefan war ganz in sein Handy vertieft, Sarah hörte über Kopfhörer Musik, ich versuchte, eine Zeitung zu lesen, war aber so unkonzentriert, dass ich nach jedem Absatz zum Handy wechselte, wo ich ziellos herumsurfte. Nur Mona schaute abwesend aufs Meer hinaus. Ihr Handy lag neben ihr auf dem Tisch. Ich schrieb ihr:

Ich: Hey. Alles okay?

Ihr Handy blinkte auf und vibrierte einmal kurz. Während sie las, lächelte sie. Dann legte sie das Handy weg und schaute wieder in die Ferne. Nach einiger Zeit antwortete sie.

Mona: Alles sehr okay derzeit, würde ich sagen.

Ich: Was geht dir so durch den Kopf? Wir sollten mal reden, finde ich.

Mona: Reden?? ;-)

Mona grinste mich an.

„Papa, Papa, ich muss Pipi!" Emma stand zappelnd vor mir. Ich stand auf, nahm sie an der Hand und wollte schon losgehen Richtung Café, griff aber noch nach meinem Handy. Sarah las zwar nicht meine Nachrichten. Aber ich wollte auf Nummer sicher gehen.

Während ich vor der Klotür stand und ich Emma alle zehn Sekunden versicherte, dass ich noch da sei, setzte ich einige Male zu einer Antwort an, ich war aber mit keiner Version zufrieden, und da war Emma auch schon wieder fertig.

„Fertig!" Sie trottete zum Waschbecken, wusch sich die Hände und trocknete sie mit Papierhandtüchern ab.

„Eigentlich brauchst du mich gar nicht mehr zum Klogehen", sagte ich zu ihr.

„Doch. Alleine kann ich das noch nicht. Das kann ich erst, wenn ich sechs bin."

Der Rest des Tages war für mich eine Tortur. Ich fühlte mich wie nach einer durchgesoffenen Nacht, wenn man den Tag danach bis Mittag durchsteht und sich denkt, alles nicht so schlimm, ich schaffe das, und dann am Nachmittag der große Einbruch kommt und man sich schwört, dass man das nie wieder machen wird. Der Unterschied war nur, ich bereute den Abend zuvor nicht. Eine Tortur war es für mich vielmehr, weil ich ständig Mona vor Augen hatte und ich nicht zu ihr konnte, und dabei musste ich vor den anderen den funktionierenden Familienvater spielen – nein, nicht spielen, für Emma und Jakob musste ich der ja auch sein, und wollte es auch. Trennen konnte ich mich höchstens von Sarah, nicht aber von den Kindern.

Vor dem Abendessen gingen wir einkaufen, alle gemeinsam, und als ich gerade in einem Gang zwischen Pasta und Konserven stand, gesellte sich Mona zu mir und studierte die unterschiedlichen Spaghetti-Größen.

„Mona, du bist eine Wahnsinnsfrau …“, stammelte ich schließlich, eine Dose passierte Tomaten in der Hand wiegend.

„Das hört man gern.“

Wenn die Kinder nicht gewesen wären, wäre ich in diesem Moment mit ihr durchgebrannt, durch den Notausgang, die passierten Tomaten fallen lassend.

Doch da kam schon Stefans Einkaufswagen mit Theo im Kindersitz gegen die Fahrtrichtung um die Ecke gebogen.

Als ich am Abend Jakob niederlegte und allein im Zimmer war, weil Emma bereits schlief und Sarah ins Wohnzimmer hinuntergegangen war, sah ich mein Handy auf der Kommode aufblinken. Jakob atmete schwer und tief, ich löste mich vorsichtig von ihm, zog meinen Arm unter seinem Kopf heraus und rutschte weg, er robbte noch ein wenig mit seinem Hintern meinem Bauch hinterher, drehte sich auf den Rücken und blieb sanft schnaufend liegen. Das war das Zeichen, dass ich frei war.

Ich holte das Handy und setzte mich damit auf den Sessel in der Ecke des Elternschlafzimmers, gegenüber vom Doppelbett.

Mona: Also DAS wolltest du „reden" mit mir? :-) Vorhin im Supermarkt. Aber ich nehm deine Komplimente gerne jederzeit entgegen.

Ich: Bist du unten?

Mona: Wieso nicht du diesmal ...

Ich: ??

Ich: Du meine Güte ... löschst du wohl deine Nachrichten?

Mona: Jaja. Und ja, bin in der Küche.

Ich: In der Wasch- oder in der normalen Küche?

Mona: Full House.

Danach antwortete sie nicht mehr. Ich nahm an, dass sie nicht mehr dazukam.

Ich steckte mein Handy in die Hosentasche und verließ unser Zimmer. Da saßen sie, alle drei, um den Kamin versammelt und schauten fern. Um mich nicht dazusetzen zu müssen und etwas Zeit zu gewinnen, ging ich in die Küche.

„Da steht ein Wein", sagte Sarah. „Wir haben eine Flasche aufgemacht."

Ich schenkte mir ein und nippte am Glas. Wie konnte ich es so einrichten, dass ich mit Mona allein war? Vielleicht hatten wir etwas zu besprechen. Zum Beispiel Knausgård. Aber das war lächerlich. Außerdem: Wohin sollten wir uns für ein Gespräch unter vier Augen schon zurückziehen? Ich schlenderte übertrieben lässig mit dem Weinglas in der Hand in die Waschküche und schaute mich dort um. Als müsste ich überprüfen, ob alle Spuren beseitigt waren. Das

Handtuch hing auf dem Wäscheständer. Ich kehrte zu den anderen zurück und setzte mich auf den einzig freien Platz, neben Sarah.

„Das ist *Brokeback Mountain*“, erklärte Sarah. Sie rückte, womit ich nicht gerechnet hatte, an mich heran, ganz nah, und legte ihren Kopf auf meine Schulter. Zwischen Mona und Stefan war ein Abstand. Sarah schmiegte sich jetzt an, wie sie das früher immer getan hatte, wenn wir gemeinsam fernschauten. Ihre Nähe war mir unangenehm, ich versuchte Monas Reaktion darauf zu erkennen, aber da war nichts.

„Ich glaube, ich werde schlafen gehen.“ Ich erhob mich vorsichtig, sodass Sarah sich wieder aufrichten konnte, und stellte das halbvolle Glas neben das Spülbecken. „Es kündigt sich eine Migräne an.“

„Kannst du vorher noch den Müll hinausbringen?“, fragte Sarah.

„Natürlich.“

„Ich komme mit.“ Mona sprang auf. Sie hatte die Gelegenheit erkannt. „Ein bisschen frische Luft schnappen vor dem Schlafengehen kann nicht schaden.“ Die Müllcontainer standen etwas weiter weg auf der Straße.

„Es sind ohnehin zwei Säcke“, sagte ich und reichte Mona einen.

Nach einigen Schritten draußen griff Mona nach meiner freien Hand und hielt sie ganz fest. Wir redeten nicht, gingen bis zum Müllcontainer und warfen die beiden Säcke hinein. Ein Auto fuhr in der Dunkelheit an uns vorbei. Sonst war es still. Wir drückten uns aneinander und küssten uns, ich spürte Monas Körper an meinem, alles vom letzten Abend war wieder da. Ich schob meine Hand unter ihre Bluse. Wir ließen noch zwei oder drei Autos an uns vorbeifahren.

„Wir sollten wieder hineingehen", sagte sie und zog meine Hand sanft heraus.

„Mona … Es gibt so viel, was mir durch den Kopf geht …", stammelte ich, „was ich dich fragen will … was wir jetzt machen …"

„Denkst du, ich habe Antworten?"

Wir standen vor der Tür.

„Ahnen die beiden etwas?", flüsterte ich ihr ins Ohr.

„Das glaube ich nicht."

Wir umarmten uns noch einmal und gingen wieder ins Haus. Stefan und Sarah saßen noch immer auf der Couch und schauten fern.

„Dein Handy hat einmal gepiepst", sagte Sarah. „Wer schreibt dir um die Uhrzeit noch?"

„Komisch, Mona hat vorhin auch ständig Nachrichten bekommen …", meinte Stefan. „Könnt ihr das Ding nicht mal abdrehen?"

Ich griff schnell nach meinem Telefon, das ich auf dem Tisch liegen gelassen hatte. „Das ist nur die Fußballgruppe, sie spielen heute. Aber ich bin ja nicht da." Zum Glück hatte Sarah nicht nachgeschaut, denn ich hatte die letzten Nachrichten von Mona noch nicht gelöscht. Ich schaltete es aus.

„Ich gehe schlafen. Gute Nacht!", sagte ich und machte mich auf den Weg nach oben.

Später lag ich wach im Bett, Sarah neben mir schlief bereits. Es war still im Haus. Ich holte mein Handy vom Nachtkästchen und schaute unter der Bettdecke aufs Display. War Mona noch auf? Sollte ich ihr schreiben? Aber wenn Stefan wach war und er sah, dass ich ihr schrieb … Vielleicht könnte ich, probehalber, eine unverfängliche Nachricht schreiben, die notfalls auch Stefan lesen könnte. Ganz ohne Risiko ging es nicht.

Ich: Wie ist die Lage bei euch?

Das kam mir einigermaßen neutral vor. Besser als: „Schläfst du schon?“

Es dauerte einige Minuten. Ich ließ mein Handy unter der Decke. Dann vibrierte es.

Mona: Kann jetzt nicht.

Ich schaltete die Vibrierfunktion aus. War Stefan noch wach? Ich hielt das Display so, dass es Sarah nicht anleuchtete, und scrollte unseren Chat durch. Ich las unsere Nachrichten wieder und wieder. Das würde uns zumindest bleiben. – Aber nein, das war ja kindisch. Worüber sollten wir einander denn schreiben? Nach dem Urlaub? Über den Sex, den wir gehabt hatten – einmal?

Mein Handy leuchtete wieder auf.

Mona: So. Die anderen schlafen.

Mona: Du fehlst mir schon jetzt.

Ich: Du mir auch.

Ich: Das sind so Sätze, die man nie sagen würde :-) Aber wenn man sie schreibt, ist es nicht so schlimm.

Mona: Stimmt! In einem Roman würde ich sie aber trotzdem nicht verwenden.

Ich: Ich glaube, Knausgård hätte da keine Skrupel.

Mona: Du und dein Knausgård … ;-)

Zwei oder drei Minuten lang schrieb keiner von uns.

Ich: Bist du noch da?

Mona: Ja. Du bist dran.

Ich: Was soll ich da noch schreiben …

Mona: Gibt es nichts mehr, was du mir zu sagen hast? So einer bist du also … sobald du bekommen hast, was du wolltest, ist es für dich erledigt :-)

Ich: Wenn wir uns jetzt unten treffen?

Mona brauchte eine gute Minute für eine Antwort.

Mona: Warum nicht.

Ich: Ok.

Mir kam jede meiner Bewegungen ohrenbetäubend laut vor. An der Bettkante blieb ich sitzen und lauschte ins dunkle Zimmer hinein, hörte aber nur meinen Herzschlag. Die drei schliefen. Wenn Sarah wach wurde, könnte sie durchaus annehmen, dass ich nicht schlafen konnte und nach unten gegangen war, um zu lesen. Das machte ich manchmal, sie würde mich schon nicht suchen gehen. – Ich hörte, wie die Tür zu Monas und Stefans Zimmer sich öffnete und sich wieder schloss und Mona leise hinunterging. Was, wenn Emma aufs Klo musste und mich suchte? Allerdings war das gewöhnlich nicht vor zwei oder drei Uhr in der Früh der Fall, oft schlief sie überhaupt schon durch. Und Jakob war in der Nacht ohnehin in Sarahs Zuständigkeitsbereich, sie war nach wie vor die, die ihn am besten beruhigen konnte. Aber wenn Theo wach wurde? Stefan wäre gänzlich überfordert, Theo würde alle wachbrüllen. – Was waren das für Gedanken. Mona wartete auf mich.

Ich ging vorsichtig hinaus, zog die Tür zu und ließ die Klinke so leise wie möglich nach oben gleiten und stieg die Treppe hinunter. Mona stand an die Küchenzeile gelehnt. Sie trug einen Pyjama. Da fiel mir ein: Ich hatte das Kondom vergessen. Bevor ich etwas sagen konnte, schlang sie ihre Arme um mich, ich presste meinen Mund in ihren Nacken und kümmerte mich nicht darum, ob sie nachher einen Knutschfleck haben würde, während sie gierig in meine Hose griff.

„Du, Mona … Ich habe … Oben sind …“

Sie raschelte mit etwas in ihrer freien Hand. Es war ein Kondom.

„Wir haben ja auch welche mit.“

NOCH 2 TAGE

Der vorletzte Tag war gekommen. Morgen würden wir heimfliegen, dann war der Urlaub vorbei. Wir beschlossen, noch einen letzten Ausflug zu unternehmen. Stefan und Sarah studierten gemeinsam die für Familien geeigneten Ausflugsziele und verglichen die Bewertungen, mit dem Ergebnis, dass ein kopfstehendes Haus in Brighton am ehesten in Frage kommen würde. Stefan war zunächst skeptisch und wollte noch nach Alternativen suchen – ein Haus, das umgedreht sei, wer denke sich denn so etwas aus. Aber als sich Mona und dann vor allem die Kinder die Bilder auf dem Handy anschauten, war die Sache entschieden.

Mona und ich hielten Abstand, wir gingen einander, wo immer es möglich war, aus dem Weg. Das war notwendig, denn wir fühlten uns körperlich dermaßen angezogen voneinander, dass wir uns früher oder später verraten hätten. Dadurch, dass eine allgemeine Aufbruchstimmung herrschte und wir in der Früh mit dem Packen und Aufräumen begonnen hatten, war allerdings ohnehin schon eine gewisse Hektik aufgekommen, es lag eine Spannung in der Luft, da fiel es nicht weiter auf, dass Mona und ich, die wir uns doch die vergangenen Tage offensichtlich so gut verstanden hatten, jetzt kaum ein Wort miteinander wechselten.

Die Kinder hatten ihre Freude mit dem Haus, das aus der Ferne aussah, wie ein im Sand liegengelassenes Spielzeug. Es lag ein wenig schief auf dem Dach – einem ziemlich spitz zulaufenden Satteldach – und schien durch einen langgezogenen Erker vor dem seitlichen Umkippen bewahrt zu werden. Man betrat das Haus durch die Balkontür im Obergeschoß und musste den Kopf einziehen, um sich nicht am Tisch zu stoßen, der von der Terrasse herunterhing. Ein Flachdach wäre doch viel praktischer gewesen, merkte Stefan an, während wir über die Dachschrägen des Schlafzimmers liefen wie durch einen Bootsrumpf, dann wäre wenigstens die Decke unter unseren Füßen eben. Genau, sagte Mona, man hätte das Haus ja auch gleich richtig herum aufstellen können, das wäre noch praktischer gewesen.

Alles, was sich normalerweise auf dem Fußboden befand, hing über unseren Köpfen. Das große Doppelbett schwebte über uns, die Decke und die Pölster waren festgenäht, damit sie nicht herunterfielen. Beidseits des Betts klebten fein säuberlich geordnet die Hausschuhe der Eltern. „Hoffentlich ist das Bett gut angeschraubt, stellt euch vor, das fällt uns auf den Kopf", bemerkte Stefan. Im Kinderzimmer ärgerte sich Jakob darüber, dass die Spielsachen unerreichbar waren. Bilder, die die glückliche, fiktive Familie zeigten, die hier wohnte, hingen verkehrt an der Wand. Oben im Erdgeschoß entdeckten die Kinder die Hauptattraktion in Form einer Klomuschel, in die man von unten hineinschauen konnte, und waren fasziniert. Emma überlegte: „Da kannst du aber nicht im Stehen pinkeln, oder, Papa?"

Im Wohnzimmer war eine Gitarre an der Decke befestigt, die jemand auf dem Boden liegen gelassen haben musste, und auf dem Couchtisch klebte eine zusammengefaltete Zeitung, daneben eine Brille.

Diesen Abend trafen Mona und ich uns weder bei den Müllcontainern noch in der Waschküche. Wir schrieben einander auch keine SMS. Wir wollten die letzten beiden Tage unbeschadet überstehen.

Das schafften wir auch. Keine vierundzwanzig Stunden später waren wir alle wieder zu Hause, jede Familie in der eigenen Wohnung, kein gemeinsames Abendessen mehr, kein gemeinsames Badezimmer, nur noch Sarah, Emma, Jakob und ich.

Bei der Rückgabe unseres Mietautos am Flughafen war es zu Komplikationen gekommen, während Stefan und Mona ihres problemlos hatten retournieren können. Sarah und ich gerieten darüber in Streit, Jakob begann zu weinen und musste von Mona getröstet werden, weil Sarah und ich mit dem sturen Mitarbeiter am Schalter verhandelten, der unsere Kreditkarte wegen eines Kratzers am Heck belasten wollte, der aber schon beim Ausleihen da gewesen war, nur hatten wir das nicht dokumentiert – im Gegensatz zu Stefan, der ihr Auto noch vor den Augen der Mitarbeiter von allen Seiten fotografiert hatte. Um den Flug nicht zu verpassen, gaben wir schließlich nach – die Summe war nicht hoch, aber es ging uns ums Prinzip – mit der Ankündigung, dass wir dagegen Beschwerde einlegen und das Geld zurückfordern würden.

Im Flugzeug ließ die Anspannung dann langsam nach, und als wir durch die Wohnungstür schritten, war ich einerseits sogar erleichtert, dass der Urlaub vorbei war und der Alltag wieder mehr Struktur haben würde, andererseits kam eine heftige Wehmut in mir auf bei der Vorstellung, dass ich Mona morgen beim Frühstück nicht mehr sehen würde. Die vertraute Umgebung unserer Wohnung kam mir zwar nicht fremd, aber doch verändert vor.

TEIL ZWEI

Mona hatte mir bei unserem zweiten oder dritten Treffen nach dem Urlaub gesagt, dass sie gerne oben war, weil sie so die Bewegungen kontrollieren konnte, den Winkel, den Rhythmus, wenn ich wollte, könnte ich gerne meine Hände auf ihre Hüften legen, ansonsten sollte ich aber nichts tun, einfach nur daliegen, auf dem Rücken, und ihr dabei in die Augen schauen. Auf diese Weise schliefen wir einige Male miteinander, wenn wir uns im September und im Oktober ein- bis zweimal die Woche am Vormittag bei ihr zu Hause trafen, während Sarah in der Schule war, Stefan in der Arbeit und die Kinder im Kindergarten. Weil Mona und ich unsere Arbeit frei einteilen konnten, hatten wir gute zwei Stunden für uns.

Jetzt aber lag ich auf ihr, sie umklammerte mich mit ihren Armen und Beinen, mein Gesicht war an ihres geschmiegt, ich spürte die Hitze ihrer Wangen, wir redeten nicht und versuchten, jeden Zentimeter Haut an Haut auszukosten, die Nähe des anderen aufzusaugen, als könnten wir dadurch etwas davon festhalten und mit nach Hause nehmen. Auch als Mona zum Höhepunkt kam, sagte sie nichts, wie sie das sonst oft tat, sondern drückte ihre Finger nur noch etwas tiefer in mein Schulterblatt. Danach lagen wir zwei, drei Minuten regungslos aufeinander, ehe wir uns lösten und zur Decke schauten, während wir die Hand des anderen hielten.

Ich war vor Mona im Hotel gewesen und hatte bereits das Zimmer bezogen. An der Rezeption sagte ich, die Dame – meine Reisegefährtin – das heißt, die zweite Person im

Zimmer würde später kommen. Natürlich interessierte es niemanden, in welchem Verhältnis Mona und ich zueinander standen, wir waren keine Figuren in einem Ehebruch-Roman aus dem neunzehnten Jahrhundert, in dem man sich einen erfundenen gemeinsamen Familiennamen zulegte. Kurzzeitig hatten wir überlegt, in eine Therme zu fahren. Aber da hätte zumindest eine theoretische Wahrscheinlichkeit bestanden, Bekannte anzutreffen, vor denen wir dann in Erklärungsnot geraten wären. Unsere Wahl fiel auf dieses kleine Schloss im Burgenland, nahe der ungarischen Grenze. In den ehemaligen Stallungen gab es einige Zimmer, die geschmackvoll, aber nicht luxuriös eingerichtet waren. Das Hotel und das Hauptgebäude, das nur in den Sommermonaten besichtigt werden konnte, lagen in einem Park mit Kieswegen unter alten Kastanienbäumen, deren Blätter sich jetzt, Anfang November, braun und gelb gefärbt hatten und mehr und mehr den Boden bedeckten. Sarah hatte ich erzählt, ich würde zu meiner Tante in Oberösterreich fahren. Sie wunderte sich zwar zunächst und meinte, ich hätte sie schon seit geraumer Zeit nicht mehr besucht, sah dann aber ein, dass gerade das ein Grund war, das endlich wieder einmal zu tun. Sie sei immerhin schon an die achtzig, unterstrich ich meine Absicht zu fahren, ich würde nicht im Nachhinein von einem schlechten Gewissen geplagt werden wollen. Deshalb würde ich auch bereits am Freitagnachmittag losfahren. Mona hatte Stefan erzählt, sie sei beruflich unterwegs und halte einen zweieinhalbtätigen Workshop für Elementarpädagoginnen zum Thema frühkindliche Musikförderung. Dieser dauere von Freitagnachmittag bis Sonntag.

Wir hatten somit ein ganzes Wochenende für uns. Das abendliche Schlafenlegen schwänzte ich zwar zweimal, was mir Sarah einige Tage lang vorhalten würde, aber das nahm ich in Kauf. Nur als Emma bei der Verabschiedung fragte, warum ich denn nicht erst morgen fahren würde und ob ich ihr und Jakob dann wenigstens etwas mitbringen könnte, fühlte ich mich unwohl in meiner Haut. Sarah richtete der Tante liebe Grüße aus.

Mona und ich gingen im Park spazieren, tranken Kaffee, hatten Sex, lasen und aßen zu Abend, unterhielten uns, lachten, schmusten, schwiegen und schliefen eng aneinander geschmiegt ein. Erst im Morgengrauen rollte ich von Mona weg auf meine Bettseite. Seit Jahren war ich niemandem – und das hieß: auch nicht Sarah – so nahe gewesen. Dann war schon Samstag. Das Frühstück war zunächst ungewohnt, da es keine Kinder gab, denen man die Semmel schneiden und mit Butter bestreichen musste, man nicht darauf achten musste, dass der Kakao nicht über das weiße Tischtuch ausgeschüttet wurde, und man nicht stets zu befürchten hatte, von den anderen Hotelgästen strafende Blicke zugesandt zu bekommen. Zunächst fühlten Mona und ich uns unsicher unter den zwei Paaren und der einen Familie mit zwei jugendlichen Kindern, als hätten wir kein Recht, hier zu sein, doch natürlich wurde weder an den anderen Tischen noch beim Personal über uns getuschelt, niemand schenkte uns Aufmerksamkeit, wir waren völlig unbedeutend und gesellschaftlich nicht geächtet wie in einem Stück von Arthur Schnitzler, ich war auch nicht Graf Wronski und Mona nicht Anna Karenina. Und es dauerte tatsächlich nicht lange, bis wir uns an diese Situation gewöhnt hatten – wir waren ein Paar wie die anderen auch.

Nach dem Frühstück standen wir im kleinen Badezimmer, Hüfte an Hüfte, und putzten Zähne. Wir schauten uns im Spiegel an und lachten gleichzeitig über diesen Anblick: Wie ein altes Ehepaar. Schon jetzt, am zweiten Tag, dachte ich mir. Wie ich aber wusste, schwand diese Verliebtheit mit zunehmender Anzahl der gemeinsam verbrachten Jahre. Oder kam diese Nähe eines Tages zurück, wie manche behaupteten, wenn man tatsächlich alt war, die Kinder längst ausgezogen waren und man wieder allein wohnte?

Wir gingen hinaus in den Park, die Luft war noch feucht und die Blätter auf dem Boden nass vom Morgentau, wir hörten Krähen in den Ästen und das Knirschen der Kiesel unter unseren Sohlen. Das sei doch im Grunde kitschig, sagte ich, so ein herbstlicher Park, ein Schloss im Hintergrund, bunte Blätter, zwei Verliebte Arm in Arm.

„Wieso sagst du immer, dass so etwas kitschig ist?", fragte Mona.

„Na ja, irgendwie wie in einem Film", sagte ich.

„Bei Knausgård kommt das nicht vor?"

„Nein."

„Wir hätten ja auch in einem muffigen Motel an der Autobahn absteigen können", sagte Mona, „und an der Autobahnraststätte Leberkäse essen und Bier aus der Flasche trinken. Aber ich weiß, was du meinst. Man hat diese Bilder alle schon einmal gesehen. Den Herbst, die Krähen, ein Liebespaar." Sie blieb stehen und küsste mich.

„Die Natur an sich ist ja nie schön“, gab ich zu bedenken, als wir weitergingen, „wir finden sie nur schön, weil wir all die Gemälde von Landschaften und Parks im Kopf haben. Ein Wald im Herbst gefällt uns nur, weil wir die Baumstämme von Gustav Klimt kennen. Ach, vergiss es.“

„Warum soll ich es vergessen?“, fragte Mona.

„Findest du das etwa nicht banal? Wenn wir jetzt einen Teich mit einer Brücke darüber sehen, sollen wir dann über Monet reden?“

„Warum nicht? Ich finde das nicht banal. Wieso brichst du immer ab, wenn du beginnst, über Kunst zu reden?“

„Tu ich das?“

„Ja. Ständig. Als müsstest du dich rechtfertigen.“

„Kann sein“, sagte ich. „Ich bin es eben nicht mehr gewöhnt, solche Gedanken auch auszusprechen. Die nichts mit praktischen Dingen zu tun haben – Einkaufen, Glühbirnen wechseln, den Kühlschrank abtauen.“

„Ich auch nicht.“

Am Ende des Parks umrundeten wir den dicken, alten Baum und schlugen den Weg zurück zum Schloss ein. Die Familie mit den beiden älteren Kindern vom Frühstück kam uns entgegen und grüßte uns.

Nach einiger Zeit sagte Mona: „Lieben ist irgendwie immer banal. Trotzdem tut man es wieder und wieder.“

Das eine, alles entscheidende Thema aber hatten wir nach wie vor nicht angeschnitten. Wir drückten uns davor.

Zunächst, als wir nach unserem England-Urlaub beschlossen hatten, uns auch in Wien weiterhin zu sehen, war alles viel einfacher gelaufen, als ich mir das vorgestellt hatte. Anfangs spazierten wir nur durch die Stadt, zweimal gingen wir einen Kaffee trinken, wovon ich Sarah sogar erzählte: „Übrigens, ich war heute am Vormittag mit Mona auf einen Kaffee, ich soll dir liebe Grüße ausrichten." Ich dachte mir, die Flucht nach vorne zu ergreifen sei die beste Taktik. Wie in Biedermann und die Brandstifter, wo die Brandstifter dem Hausherrn unumwunden sagen, dass sie sein Haus anzünden möchten. Nur als Sarah einmal fragte, ob wir uns denn nicht alle wieder einmal treffen wollten, also Mona und Stefan und sie und ich mit den Kindern, rang ich kurzzeitig nach Worten, um es mit einer Ausrede auf unbestimmte Zeit zu verschieben.

Aber schon sehr bald reichten uns diese Spaziergänge nicht mehr. Es war noch Mitte September, die Bäume im weitläufigen Schönbrunner Park strahlten frühherbstlich, es war vielleicht unser drittes oder viertes Treffen nach dem Urlaub. Wir hatten uns in eine der kleineren Seitenalleen auf eine Bank zurückgezogen und fielen übereinander her wie zwei Jugendliche, die endlich ohne Aufsicht waren. Wir hatten insgesamt noch zwei Stunden und eilten zu Mona nach Hause, wo wir keine Zeit verloren. Danach half ich ihr das Bett neu zu überziehen und erst im Nachhinein wurde mir klar, dass das Monas und Stefans Ehebett war.

Von diesem Vormittag an trafen wir uns immer gleich bei Mona zu Hause, jeweils am Dienstag und am Donnerstag. Wozu sollten wir uns etwas vormachen? Es war klar, dass wir früher oder später jedes Mal, wenn wir zusammen waren, uns körperlich so sehr begehrten, dass wir ein Bett brauchten. Mit der Zeit gewöhnte ich mich daran, dass es jenes von Mona und Stefan war.

„Sagen wir es doch einfach den beiden“, meinte Mona an einem dieser Vormittage. Wir lagen im Bett, nachdem wir miteinander geschlafen hatten, es war Mitte Oktober, das Fenster hatten wir geschlossen, draußen wehte der Wind, die Autos waren zu hören und das Rattern der Straßenbahn, das bedrohlich zu uns hereindrang bis ans Bett. „Können wir das nicht wie Erwachsene besprechen?“, fragte Mona.

Ich hatte zwar auch schon mit dem Gedanken gespielt, Sarah alles zu sagen – aber zu viert darüber zu sprechen, wie das nun Mona anscheinend vorschlug, auf die Idee war ich nicht gekommen.

„Was soll das bringen?“, fragte ich.

„Ich finde, sie haben ein Recht darauf, es zu erfahren.“

„Ich weiß nicht. Wenn es für Sarah wichtig wäre, dann wäre sie schon von selbst draufgekommen.“

„Glaubst du?“

„Ja. Zumindest bin ich mir ziemlich sicher, dass sie es nicht um jeden Preis wissen wollen würde. Es würde aus ihrer Sicht nichts ändern. Sonst hätte sie längst Verdacht geschöpft. Und Stefan?“

„Der ist nicht der Typ, der so etwas herausfindet“, sagte Mona.

Wir blieben noch eine Weile im Bett liegen, damals, an diesem Vormittag im Oktober, dann standen wir auf und zogen uns an. Die Welt draußen brauchte uns, die Kinder waren aus dem Kindergarten abzuholen. Unsere Zeit war abgelaufen.

Und jetzt waren wir hier im Burgenland, nur wir zwei, und mussten endlich über unsere Zukunft sprechen. „Wie geht es mit uns weiter?“ Diese Frage war viele Male aufgekommen seit jenem Abend in der Waschküche von Amberley, manchmal stellten wir sie uns gegenseitig, öfter aber grübelte jeder von uns beiden allein darüber, ohne eine Antwort auf sie zu finden.

Mir graute vor der Vorstellung, dass ich mit meinen Kindern Gespräche führen müsste, in denen ich ihnen erklärte, dass Mama und Papa sie gleichermaßen liebhätten, dass sie weiterhin Mama und Papa blieben, aber dass Papa nun eben eine andere Frau gernhabe (die sie noch dazu gut kannten), und nein, Theo würde dadurch nicht zu ihrem Bruder. Aber wenn Mona und ich eines Tages heiraten oder uns verpartnern würden, dann – Nein, Mona wollte das so wenig wie ich.

Mir graute auch davor, dass ich, vielleicht sogar unbewusst, damit beginnen würde, Jakob und Emma kleine Geschenke zu kaufen, ohne Anlass, auch wenn diese nicht als solche deklariert wären. Ein Eis mehr als ausgemacht am Tag. Ein Spielzeug, das wir bei einem unserer Ausflüge entdeckten. Früher hätte ich das nie gemacht, aber jetzt würde ich mein Gewissen erleichtern wollen, es mir sozusagen mit Geld zurückzukaufen versuchen. Und könnte ich dann abends, wenn ich bei Mona war, das Handy abdrehen? Es wäre ja jederzeit möglich, dass etwas mit den Kindern sein würde, dann müsste mich Sarah erreichen können, Trennung hin oder her. Bei Mona wäre es das Gleiche. Hätten Mona und ich gemeinsam eine Wohnung? Mit wie vielen Kinderzimmern? Und überhaupt: Wer sagte, dass ich ausziehen müsste und nicht Sarah?

Eines Nachts, es war einige Wochen nach unserem Sommerurlaub, träumte ich, dass es bei uns zu Hause an der Wohnungstür klingelte. Sarah und ich ließen Emma öffnen – „Mach nur, du kannst das." – „Wirklich?" – „Aber ja, natürlich." – und beobachteten sie vom Wohnzimmer aus. Als sie die Tür öffnete und bei der Entgegennahme eines Pakets etwas unterschreiben musste, war sie auf einmal viel größer und älter, eine Jugendliche, die selbständig handelte.

In einem anderen Traum gab es zum Mittagessen etwas, von dem Sarah und Emma wussten, dass ich es nicht vertrug, als würde ich nicht mehr zählen, als sei ich gar nicht mehr da. Ich bereitete mir schnell eine Gemüsepfanne mit Nudeln zu, würzte sie mit einer Messerspitze Currypulver und gab zuletzt Schlagobers darüber. In einer separaten Pfanne röstete ich einige Pinienkerne an. Sarah blickte mir über die Schulter. „Mmh, das schaut fein aus", sagte sie, „du machst das immer so gut." So wie früher.

Besonders verstörte mich aber folgender Traum: Sarah und ich wollten endlich wieder einmal miteinander schlafen, ich zog ihr schon den Slip aus, da lag auf einmal Jakob neben uns im Bett und war zu wickeln. Meine Aufmerksamkeit ging nahtlos vom eben erst entkleideten Unterkörper Sarahs zur vollen Windel von Jakob über.

Am Abend lasen Mona und ich zu zweit auf der Chaiselongue im Hotelzimmer, Mona hatte ihre Beine ausgestreckt und lehnte ihren Kopf gegen meinen Oberkörper. Ich tauchte meine Nase immer wieder in ihr Haar und atmete den Geruch tief ein. Das Geräusch, das entstand, wenn Mona in ihrem Buch umblätterte, fand ich beruhigend. Uns war beiden bewusst, dass wir endlich reden mussten. Aber keiner wollte diese friedliche Stimmung stören. Ich fühlte mich so geborgen wie schon lange nicht mehr. Dann gingen wir schlafen.

Nach einem späten Frühstück checkten wir aus, verluden das Gepäck in unseren Autos und gingen ein letztes Mal im Park spazieren. Unsere Schritte waren diesmal hastig, als könnten wir dadurch eine Entscheidung erzwingen. Dabei hätte ich mittlerweile nichts mehr dagegen gehabt, dieses Gespräch weiterhin aufzuschieben.

Doch da sagte Mona unvermittelt: „Ich werde mich von Stefan trennen."

Obwohl mir bewusst war, dass dieser Satz unserer Geschichte eine Wendung gab, wenn zu dem Zeitpunkt auch noch nicht klar war, in welche Richtung, war ich erstaunlich gefasst und ging im gleichen Tempo weiter. Jetzt war ich doch froh darüber, dass es zur Sprache kam, entgegen meiner vorherigen Hoffnung.

„Bist du dir da sicher?", fragte ich. Das Schloss lag nun mehrere Hundert Meter hinter uns, wir gingen auf den steinernen Brunnen in der Mitte des Parks zu, der bereits abgestellt war.

„Ja. Ich will einen Schlussstrich ziehen", sagte Mona. „Jetzt ist es noch nicht zu spät. Ich will noch einmal etwas Neues beginnen. Außerdem finde ich, Stefan sollte auch die Chance haben, eine passende Frau zu finden. Für sein Haus."

Das Laub raschelte um unsere Schuhe. Die Luft war frisch, die Sonne schien kühl durch die nackten Zweige.

„Ich kann das nicht, tut mir leid", sagte ich schließlich.

„Das weiß ich. Du sollst dich auch nicht zwischen deiner Familie, deinen Kindern und mir entscheiden."

„Aber ich muss doch eine Entscheidung treffen."

„Du hast doch längst eine Entscheidung getroffen", sagte Mona. „Du willst und kannst deine Familie nicht zerstören. Bei mir ist es leichter. Theo wird bei mir bleiben, dagegen wird Stefan nichts haben. Er ist ja jetzt schon, während dieser zwei Tage, überfordert, obwohl seine Mutter ihm hilft. Unabhängig davon, wie du dich entscheidest – ich werde mich auf jeden Fall von Stefan trennen."

„Ich will mich nicht mit Sarah um die Kinder streiten", sagte ich. „Emma und Jakob zuliebe nicht. Verstehst du? Wie kommen die dazu? Die würden das nicht verstehen. Auch wenn es seltsam klingt – aber die beiden fehlen mir jetzt schon. Nein – sie sollen sich damit gar nicht erst beschäftigen müssen."

„Das ist gar nicht seltsam. Deswegen mag ich dich ja so."

„Ich will alles haben, Mona. Dich und meine Kinder. Ist das größenwahnsinnig?"

„Das wird sich zeigen. Einstweilen machen wir weiter wie bisher", sagte sie. „Keine Angst, ich werde Stefan nichts von uns erzählen. Die Trennung war längst fällig, so oder so. Wozu soll ich ihn länger hinhalten?"

Wir gingen, beide in Gedanken versunken, zurück zum Parkplatz und nahmen dort voneinander Abschied.

Auf der Heimfahrt hielt ich bei einer Tankstelle und kaufte für Emma ein Einhorn-Rätselmagazin und für Jakob einen Matchboxbagger mit beweglichem Arm. Für einen Moment überlegte ich, Sarah einen von den kleinen Blumensträußen mitzunehmen, die zwischen dem Tiefkühler mit Eis und den Pornoheften in einem großen Eimer mit Wasser steckten, aber das kam mir unpassend vor, als wollte ich etwas wiedergutmachen.

Als ich am frühen Nachmittag zu Hause ankam, hatten die anderen schon gegessen. Sarah übergab mir sofort die Kinder, um sich zum Korrigieren von Schularbeiten ins Schlafzimmer zurückzuziehen, wo wir uns einen Arbeitsplatz teilten. Auf meine Frage, wie es denn gelaufen sei, antwortete sie nur knapp: Wie es eben so laufe allein mit zwei Kindern, und jetzt sei ich an der Reihe. Meiner Tante gehe es übrigens gut, sie richte ihr auch liebe Grüße aus, teilte ich ihr noch mit, ehe sie die Tür hinter sich schloss und sich bis zum Schlafenlegen nicht mehr blicken ließ.

Emma setzte sich in ihrem Zimmer auf den Boden und begann sofort, die Einhörner im Heft auszumalen, Jakob unterzog den Bagger einer kurzen Inspektion und kam zu dem Entschluss, dass er nicht seinen Vorstellungen entsprach, woraufhin ich mit ihm die Kugelbahn aufbaute. Zum Glück fragte keiner der beiden nach der Tante.

Ich saß in der Küche, nachdem ich Jakob niedergelegt hatte, und arbeitete an einer Übersetzung, die ich nächsten Mittwoch abgeben musste, neben dem Laptop stand eine Tasse mit Tee, aus der ich immer wieder einen Schluck nahm. Der Geschirrspüler lief, ein Geräusch, das ich seit meiner Kindheit als heimelig empfand. Ich arbeitete gerne in der Küche, vor allem abends, wenn es ruhig war.

Die Tür zum Kinderzimmer schloss sich leise und Sarah kam herein.

„Hallo."

„Schläft Emma?", fragte ich.

„Ja."

Sarah blieb vor der Arbeitsplatte stehen. Sie stellte den Wasserkocher zurück auf die Ladestation, schob den leeren Brotkorb von der einen Seite auf die andere und wischte mit der flachen Hand über den Herd, wobei sie an einer Stelle stehenblieb und mit dem Nagel an einer Verkrustung kratzte.

„Ich muss mit dir reden, Max."

Das war ein Tonfall, den ich schon sehr lange nicht mehr gehört hatte. Er klang ernst, aber nicht vorwurfsvoll. Es war keine Anklage. Gleichzeitig hatte er etwas Vertrautes.

Mein erster Gedanke war, dass sie es herausgefunden hatte. Vielleicht hatte ihr Mona in einer Anwandlung von weiblicher Solidarität alles gesagt. Oder Mona hatte es, entgegen ihrem Versprechen, doch Stefan gestanden und er hatte es Sarah erzählt. Aber wir hatten ja den ganzen Tag, seit meiner Ankunft, alle gemeinsam in der Wohnung verbracht. Oder Sarah war von selbst draufgekommen. Vielleicht hatte sie am Wochenende mit meiner Tante telefoniert.

„Es geht so nicht weiter mit uns", sagte sie.

Ich schaute vom Bildschirm auf und betrachtete sie, wie sie da an die Arbeitsplatte gelehnt stand. Meine Handballen ruhten auf dem Laptop.

„Du hast eigentlich nichts falsch gemacht. Du bist halt einfach so, wie du bist. Und ich bin so, wie ich bin."

„Was willst du damit sagen?", fragte ich.

„Wir waren ja immer schon verschieden. Das ist nichts Neues. Aber als wir im Sommer in England waren, ist mir bewusst geworden, dass die Unterschiede zwischen uns zu groß geworden sind. Und – dass ich mich nach einem anderen Mann sehne. In den letzten Wochen bin ich mir immer sicherer geworden. Bis auf die Kinder verbindet uns ja fast nichts mehr. Es tut mir leid, Max … Wirklich."

„Du meinst doch nicht – Stefan?", fragte ich.

„Um Gottes willen! Nein! Oder glaubst du etwa, ich hatte mit ihm eine Affäre während unseres Urlaubs?" Sarah lachte und schüttelte den Kopf. „Aber weißt du: Stefan ist praktisch. Er baut ein Haus für seine Familie. Er ist bodenständig und kümmert sich. Er kann ein Kinderfahrrad reparieren. Ist dir überhaupt aufgefallen, dass Emmas Fahrradkette immer abspringt?"

Ich sagte nichts.

„Das müsste man richten. Die Badezimmertür schleift und zerkratzt die Fliesen. Außerdem wird die Wohnung hier irgendwann zu klein für uns."

„Ich weiß."

„Aber nein, keine Angst, ich brenne nicht mit Stefan durch."

„Da bin ich beruhigt."

Anscheinend hatte Stefan damit nur indirekt etwas zu tun. Von Mona und mir wusste sie also nichts. Ich nahm meine Hände vom Laptop und klappte ihn zu.

„Du willst dich also wegen einer schleifenden Tür und einer Fahrradkette scheiden lassen?“, fragte ich.

„Nein, natürlich nicht. Es geht ja nicht darum. Das weißt du.“

„Ja.“

„Ich möchte offen mit dir reden, Max“, sagte Sarah. „Ich will mich nicht hinter deinem Rücken nach anderen Männern umsehen. Das hast du nicht verdient.“

Ich fixierte den Wasserkocher hinter ihr.

„Du willst das also vor meinen Augen tun?“, fragte ich.

„Gewissermaßen ja. Also nicht direkt vor deinen Augen …“

„Dafür wäre ich dir dankbar.“

„Aber es soll keine Geheimnistuerei sein.“

Ich kam mir vor, als würde ich die Szene als Außenstehender verfolgen, als hätte das alles nur am Rande etwas mit mir zu tun.

„Sag etwas, Max.“

„Was soll ich sagen … Du möchtest dich mit anderen Männern treffen. Das ist dein gutes Recht.“

Ich sagte das ganz ruhig.

„Das kann ich aber nur, wenn ich das mit dir besprochen habe“, sagte Sarah. „Ich will mich nicht von dir trennen.“

„Also doch nicht?“

„Das habe ich nie gesagt. Die Kinder brauchen uns beide. Aber seien wir ehrlich, das ist schon lange keine Liebesbeziehung mehr, die wir da führen. Fehlt dir denn nichts, Max?“

„Doch … Ich bin ja auch alles andere als zufrieden“, sagte ich.

„Eben“, meinte Sarah.

War das der Moment, ihr alles zu erzählen? Aber was würde das bringen? Jetzt, wo es offensichtlich aus war?

Nach einigen Minuten, die wir schweigend in der Küche verbracht hatten, ohne uns anzusehen – nur ab und zu war durch das Fenster ein Auto zu hören, das langsam durch die Gasse fuhr auf der Suche nach einem Parkplatz –, sagte ich:

„Das ist das erste Mal seit langer, langer Zeit, dass wir darüber reden, wie es uns miteinander geht. Das hätten wir früher machen sollen.“

„Dafür ist es jetzt wohl zu spät. Aber es ist noch nicht zu spät für dich und für mich – um uns nach jemand anderem umzusehen und wieder so etwas wie ein bisschen Glück zu finden. Und vielleicht passt es dann irgendwann auch wieder für uns beide. Schau mich nicht so ernst an, Max.“

„Ist das nicht gerade ein ausgesprochen ernstes Erwachsenengespräch?“, fragte ich. „Das ist jetzt doch ein ganzer Katalog an Informationen, mit denen ich nicht gerechnet hätte.“

Sarah trat an mich heran und legte ihren Arm um meinen Kopf, mein Ohr lag an ihrem Bauch. Ich hörte ihr Herz schlagen. Als sie mit Emma schwanger gewesen war, horchte ich oft auf diese Weise auf Lebensgeräusche unseres ersten Kindes. Dann löste sich Sarah wieder von mir.

„Gehen wir schlafen“, sagte sie. „Aber ich möchte bald eine Entscheidung treffen. Denn so will ich nicht weitermachen.“

Ich blieb noch einige Zeit in der Küche sitzen und starrte aus dem Fenster auf die Straßenbeleuchtung. Erst als der Geschirrspüler piepste und die Tür aufsprang, stand ich auf und legte mich ebenfalls ins Bett, neben Sarah – die nicht schlief, doch weder sie noch ich sagten etwas.

Die Entscheidung war natürlich längst gefallen, noch während unseres Gesprächs, das war uns im Grunde beiden bewusst. Ich konnte nicht anders, als Sarahs Vorschlag zuzustimmen, denn ich wollte mich von den Kindern genauso wenig trennen wie sie, außerdem hatten wir kein Recht, sie mit Problemen zu belasten, die nur uns Erwachsene etwas angingen. Die nächsten zwei Tage mieden wir eine Aussprache, wir flüchteten uns in den Alltag, sowohl in den beruflichen als auch in den familiären.

Früher oder später müsste ich ihr von Mona erzählen. Mir wäre es lieber gewesen, sie hätte mir eine Affäre gestanden. Vielleicht nicht unbedingt mit Stefan, aber mit einem Kollegen aus der Schule, meinetwegen mit einem der Sportlehrer oder mit dem neuen Musikkollegen, von dem sie in letzter Zeit manchmal erzählte.

Am Mittwochabend schließlich führten wir unser Gespräch. Ich sagte Sarah, dass ich einwilligte, sie nickte und war sichtlich angespannt, den Kindern gegenüber würden wir einstweilen nichts erwähnen, da waren wir uns einig. Den Begriff „offene Ehe“ oder „die Beziehung öffnen“ nahm keiner von uns in den Mund, wir wussten auch nicht, wie man sich in so einer Situation zu verhalten pflegte. Vielleicht stießen andere Paare mit einem Glas Sekt an, so wie man das manchmal nach einer friedlich vollzogenen Scheidung machte. Sarah meinte nur: „Dann hätten wir das geklärt." Was das genau hieß, blieb aber offen. Ob man dem anderen sagen musste, wen man getroffen habe und was dabei geschehen sei, oder nicht. Durfte man woanders übernachten? Was hätte man dann aber den Kindern erzählt? Seien auf einmal so viele Tanten und Onkeln aufgetaucht, die man alle besuchen müsse? Spätestens, wenn ich von Sarah erführe, dass sie sich mit einem anderen Mann zu treffen begann, müsste ich ihr von Mona erzählen. Sollte ich ihr die volle Wahrheit sagen? Oder eine abgeschwächte Version präsentieren, laut der wir uns erst jetzt verliebt hätten?

Mona hingegen sah ich die ganze Woche nicht. Am Dienstag sagte ich ab, mit der Begründung, dass ich mit der Übersetzung noch nicht fertig war. Aber natürlich hätte ich den Auftrag auch am Dienstag am Abend noch abschließen können, das war ihr genauso bewusst wie mir. Und am Donnerstag hatte sie keine Zeit, da sie am Vormittag einen Termin hatte, was mir nach dem Gespräch, das ich am Abend zuvor mit Sarah geführt hatte, auch nicht unrecht war.

Wir wechselten zwar einige Nachrichten, schrieben, dass uns der jeweils andere fehle, aber es war nur ein oberflächliches Hin und Her, ein unverbindliches, fast schon Routine gewordenes Flirten. Irgendetwas lag in der Luft. Hatte sie in der Zwischenzeit mit Stefan gesprochen – oder gar schon mit ihm Schluss gemacht? War sie etwa dabei, auch schon die räumliche Trennung in die Wege zu leiten? Das war Mona zuzutrauen. Oder sie hatte ihm noch gar nichts gesagt. Es war auch möglich, dass ich mich, seitdem ich den Pakt mit Sarah geschlossen hatte, anders verhielt, vielleicht wirkte ich abweisender in meinen Nachrichten, ohne dass es mir auffiel.

Mona und ich trafen uns erst am Dienstag darauf bei ihr in der Wohnung. An den Tagen bis dahin überlegte ich, wie ich ihr die Neuigkeit erzählen sollte und welche Auswirkungen das auf unsere Beziehung hatte.

„Hallo, Max." Mona erwartete mich an der Haustür und gab mir einen Kuss. Ich wusste, dass wir heute nicht miteinander schlafen würden. Mona ging in die Küche, ich folgte ihr. Die Wohnung schaute aus wie immer, es standen keine Umzugskartons herum. Aber irgendetwas war anders.

„Möchtest du einen Kaffee?"

„Ja, gerne."

Ich setzte mich an den Küchentisch und schaute Mona zu, wie sie mit der Mokkakanne den Kaffee zubereitete.

„So wie damals im Sommer …", sagte ich.

„Was meinst du?"

„Wie du den Kaffee machst. Den hast du in England immer so gemacht. Ich glaube, als ich dir das erste Mal dabei zuschaute, war das der Moment, in dem ich mich Hals über Kopf in dich verliebte. Seit damals gibt es keinen Weg zurück." Der letzte Satz kam mir zu dick aufgetragen vor. In einem Chat hätte ich ihn wieder gelöscht.

„Ja, Männer stehen darauf, wie ich Kaffee zubereite."

Sie stellte die Kanne auf den Herd und setzte sich zu mir an den Tisch.

„Hast du …“, begann ich. „Hast du es Stefan gesagt? Also, dass du dich trennen willst?“

„Ja. Er war tagelang am Boden zerstört. Am ersten Morgen hat er sich nach dem Kaffee sogar übergeben. Er hat mir leidgetan. Aber jetzt ist es heraußen. Theo hat leider auch etwas mitbekommen, aber wir hätten es ihm ohnehin sagen müssen.“

„Hat er euren Streit etwa mitgehört?“, wollte ich wissen.

„Wir haben uns gar nicht gestritten. Er ist neben Stefan gestanden, als er ins Klo gekotzt hat, und hat gemeint, er müsse das auch manchmal tun, wenn er zu viel Lachs ohne Brot gegessen habe.“

Mona verstummte. Als sei sie noch nicht fertig, wolle aber nicht fortfahren.

„Und was tut sich bei euch so?“, fragte sie knapp.

„Sarah und ich haben uns auch getrennt – aber nur so ein bisschen“, antwortete ich ebenso knapp.

Mona schaute mich ungläubig an – und ich erzählte ihr alles. Als der Kaffee fertig war, stellte Mona den Herd ab, ohne uns aber einzuschenken.

„Und du hast ihr nichts von uns gesagt?“, fragte Mona verwundert.

Ich verneinte.

Nach einer Pause stellte Mona fest: „Ich muss gestehen, diese Offenheit hätte ich Sarah nicht zugetraut.“

„Ich war zuerst auch überrascht. Aber im Nachhinein betrachtet – das ist einfach Sarah. Sie hat diese praktische Veranlagung.“

„Möchtest du Kaffee?“, fragte Mona.

„Nein, danke. Sie hat ja Recht: Wozu unsere funktionierende Familie zerstören? Das, was ihr fehlt, ist das Liebesleben. Und das will sie sich halt woanders holen."

„Das ist doch genau das, was du seit Monaten machst."

„Du auch. Dazu gehören immer zwei. Mindestens." Ich versuchte, ihr schelmisch zuzuzwinkern, erkannte aber an ihrem Blick, dass mir das misslang.

„Vielleicht können wir sie mit Stefan verkuppeln?", versuchte nun Mona ihrerseits zu scherzen.

„Das habe ich mir auch schon gedacht … Aber Stefan ist, bei all seiner Bodenständigkeit, für die sie ihn bewundert, insgesamt betrachtet nicht ihr Typ. Ins Bett will sie mit ihm sicher nicht."

Mona erwiderte nichts. Das war wohl der missglückteste Dialog, den Mona und ich je geführt hatten. Ich hatte soeben ihren Ehemann beleidigt und damit auch ihre Fähigkeiten bei der Partnerwahl in Zweifel gezogen. Wäre das ein Roman gewesen, ich hätte die ganze Seite löschen müssen.

„Ich muss dir noch etwas sagen, Max."

„Bist du schwanger?" Ein weiterer, kläglicher Versuch, Lockerheit zu simulieren.

„Das würde mir gerade noch fehlen … Es ist etwas ganz anderes. Ich glaube, ich habe das in England einmal erwähnt. Ich wollte immer schon ins Ausland gehen."

„Ja, das hast du mir erzählt", erinnerte ich mich.

„Und jetzt hat sich auf einmal, ganz unerwartet, eine Tür aufgetan … Eine Bekannte von mir ist bei einer Firma in Frankreich tätig, die mit meiner Agentur hier in Wien zusammenarbeitet. Die suchen einen Mitarbeiter. Ich müsste nicht einmal den Job wechseln, ich bleibe hier angestellt, kümmere mich aber vor Ort, in Frankreich, um die Koordination der Projekte."

„In Frankreich? Wirklich? In Paris?"

„Toulouse."

Kurzzeitig schoben sich die Bilder von Pauline und von Mona ineinander, wie wenn sich die Wege von zwei Menschen kreuzen, die einander nicht kennen, sich aber grüßen, ehe sie sich im Weitergehen wieder voneinander entfernen. Dann verschwammen die beiden Bilder.

„Du willst weg? Gerade jetzt? Und gleich so weit?" Für einen Moment empfand ich Wut und zugleich eine seltsame Art von Erleichterung, dass damit Klarheit geschaffen wurde.

„Und was ist mit uns? Aber ja, natürlich ... Das ist ja das, was du immer wolltest ..."

„Ich habe schon zugesagt. Wir werden hinziehen." Mona versuchte, ganz sachlich zu sein. „Am Anfang können wir bei meiner Freundin wohnen, und dann suchen wir uns eine Wohnung."

„Verstehe ... Das ist natürlich praktisch." Ich hätte gerne auch diesen Abschnitt aus meinem Roman gestrichen. „‚Wir' ... Du und Theo?"

„Ja. Theo nehme ich mit. Er kann dort in den Kindergarten gehen. Dann lernt er wenigstens Französisch."

„Gute Idee."

Wir schwiegen. Der Kaffee dampfte einsam vor sich hin. Das war nun das zweite Erwachsenengespräch innerhalb einer Woche.

Ich bemühte mich, gelassen zu klingen: „Jetzt kannst du endlich ausbrechen, Mona … So richtig! Alles hinter dir niederbrennen!"

„Ja … Es ist eine sehr gute Gelegenheit."

„Und Stefan? Ich meine, wird Theo ihm nicht fehlen?"

„Wir werden so oft wie möglich nach Wien fliegen. Er kann uns auch jederzeit besuchen kommen. Und es ist ja nicht für immer. Nur für ein, zwei Jahre. Vielleicht drei. Spätestens wenn Theo in die Schule kommt, müssen wir überlegen, was wir machen."

Ich versuchte, in meinem Kopf die Landkarte Frankreichs einzublenden und Toulouse zu verorten. Aber da zogen zu viele Gedanken und Bilder vorüber. Es war nicht nur das zweite Erwachsenengespräch in nur wenigen Tagen, ich wurde auch das zweite Mal von einer Frau verlassen.

„Und was heißt das für uns?", fragte ich schließlich.

Mona schob ihre Hand über den Tisch und legte sie auf meinen Unterarm und schaute mir zum ersten Mal an diesem Vormittag in die Augen.

„Wenn ich mich auch von Sarah getrennt hätte – hätte das etwas geändert?"

„Ich wollte ja so oder so eines Tages etwas Neues beginnen", sagte Mona, „ich wollte mich immer schon einmal aus dem Staub machen. Du hast damals nicht ganz falschgelegen auf dem Parkplatz von Arundel Castle mit deiner Vermutung."

„Du hättest mich ja mitnehmen können."

„Das könnte ich immer noch. – Aber bei dir und Sarah ist es anders als bei uns. Euch brauchen die Kinder beide gleichermaßen. Das hast du selber oft genug gesagt."

„Bis nach Frankreich kann ich dir nicht folgen. Das stimmt. Aber bis ins Burgenland schon."

Mona lächelte mich an. „Ich komme ja zurück. Schon wegen Theo."

„Und in der Zwischenzeit lernst du einen feschen Franzosen kennen."

„Einen Maler!"

„Mit dem du abends Crêpes essen gehst."

„Jeden einzelnen Abend! Und wir werden ausschließlich über Monet reden!"

„Und über Chopin!"

„Chopin war Pole."

„Aber er lebte in Frankreich."

Monas Blick wurde mit einem Mal ernst, nahezu traurig. „Und an den einsamen Abenden werde ich endlich Knausgård lesen." Sie stand auf, goss sich Kaffee in eine Tasse und nahm einen Schluck. „Der ist kalt." Angewidert schüttete sie ihn ins Waschbecken.

„Und – wann ist es so weit?", fragte ich.

„Es müssen noch einige Dinge geklärt werden. Aber in etwa einem Monat, im neuen Jahr, sollte ich anfangen können."

„In Toulouse."

Im Vorzimmer umarmten wir uns und küssten uns, wir waren aber beide darauf bedacht, dass nicht mehr daraus wurde. Dann verabschiedete ich mich mit den Worten: „Wir hören voneinander, Mona."

Ich holte Emma und Jakob heute früher vom Kindergarten ab als sonst. Meistens waren sie unter den Letzten, die keine Mittagskinder waren und die also bis höchstens dreizehn Uhr bleiben durften, wenn die anderen essen gingen. Jakob wollte seine Spielgruppe zuerst nicht verlassen, aber als er sah, dass sich Emma bereits in der Garderobe anzog, stieß er auch dazu.

„Was gibt es zu Mittag?“, fragte Emma.

„Suppe bäh überalles!“, protestierte Jakob vorsorglich. Er hatte vor Kurzem explosionsartig damit begonnen, Drei-Wort-Sätze zu sprechen. Es waren zwar meistens die gleichen und oft auch solche, die er von seiner großen Schwester oft genug vorgesprochen bekam, aber immerhin. „Suppe bäh überalles!“

„Ich habe mir gedacht, wir gehen heute einmal eine Pizza essen“, sagte ich. „Was meint ihr?“

Damit hatte ich mir ihre bedingungslose Unterstützung gesichert. Während ich noch Emma den Schal umband, marschierte Jakob auch schon mit verkehrt herum angezogenen Stiefeln und ohne Jacke Richtung Ausgang und brüllte wie im Fußballstadion: „Schinken-Mais! Schinken-Mais!“

„Kommt Mama auch mit?“, wollte Emma wissen, als wir auf die Straßenbahn warteten.

„Nein. Heute sind einmal nur wir drei unterwegs“, antwortete ich.

„Und was isst sie dann?“, fragte sie weiter.

„Sie wird sich schon etwas kochen, wenn sie zu Hause ist“, erklärte ich. „Nach der Pizza habe ich noch eine Überraschung für euch.“

Auf der Fahrt von der Pizzeria zum Praterstern schlief Jakob in meinem Arm ein und ich musste ihn beim Aussteigen tragen. Ich hätte den Buggy mitnehmen können, aber daran hatte ich nicht gedacht. Ich war direkt von Mona zum Kindergarten gefahren.

„Was ist jetzt die Überraschung?“, fragte Emma, als wir auf den Wiener Prater zugingen. „Ich weiß es! Wir essen ein Eis!“

„Noch viel besser.“

„Wir essen zwei Eis!“

„Für Eis ist es viel zu kalt. Es ist Mitte November. Wir fahren mit dem Riesenrad.“

Emma machte große Augen, dann zeigte ich ihr die roten Kabinen, die sich vor uns der Reihe nach in die Höhe erhoben und sich im Kreis drehten.

„Davon redest du doch seit fast einem Jahr.“

„Das wollte ich schon immer! Das liebe ich!“ Ihre Augen leuchteten.

Während ich mich bei der Kassa anstellte, immer noch mit dem schlafenden Jakob im Arm, musste Emma auf die Toilette gehen.

„Ich glaube, jetzt schaffst du das auch allein“, sagte ich. „Du bist schon fast sechs. Außerdem kann ich hier jetzt nicht weg.“

Emma überlegte kurz, dann sagte sie: „Na gut.“ Und tatsächlich, sie ging allein aufs Klo und kam innerhalb von einer Minute zurück.

„Und, hast du dir auch die Hände gewaschen?“

„Mmh – nein.“

„Wenigstens bist du ehrlich.“

Jakob wachte auf, als wir in die Kabine stiegen und uns an ein Fenster stellten. Als er sah, wo wir uns befanden und dass sich der Boden immer weiter von uns entfernte, vergrub er den Kopf in meiner Achselhöhle und sagte: „Angst! Angst! Das ist hoch …"

„Du brauchst keine Angst haben, kleiner Jakob", beschwichtigte ihn Emma und nahm ihn an der Hand. „Schau, wir sind hier in einem Waggon. Das ist wie die Straßenbahn. Und außerdem ist Papa bei dir."

Tatsächlich schaffte sie es, ihn zu beruhigen. Ich war stolz auf sie. Seit dem Sommer war sie überlegter geworden, nicht mehr so aufgedreht, sie hatte an ihrer Kleinkindhaftigkeit eingebüßt.

„Das hast du gut gemacht, Emma."

Ich nahm mein Handy heraus und fotografierte die beiden von hinten, wie sie jetzt gemeinsam am Fenster standen und auf die Stadt unter sich hinabblickten. Jakob konnte gerade durch den Spalt zwischen dem unteren Fensterrahmen und dem Handlauf hindurchschauen. Ich schickte Sarah das Foto und schrieb dazu, dass sie mit dem Mittagessen nicht auf uns warten solle.

„Und nachher – nachher bekommst du ein Eis", sagte Emma zu Jakob. „Sogar zwei Eis, weißt du?"

„Schoko, Mango! Schoko, Mango!" Jakob hüpfte auf und ab.

„Es ist viel zu kalt für Eis, das habe ich dir ja schon gesagt, Emma."

„Wer hat ihn getröstet, du oder ich?", verhandelte sie nun.

„Vielleicht finden wir etwas anderes. Wir können ja in ein Kaffeehaus gehen und ihr sucht euch einen Kuchen aus. Einen Schokoladenkuchen."

Emma dachte nach, Jakob schaute sie fragend an. „Okay", entschied sie. „Von mir aus. Und du darfst dir einen Kaffee aussuchen."

„Das ist ein guter Deal. Ich habe heute noch keinen Kaffee getrunken."

„Was? Trinkst du nicht immer am Vormittag einen Kaffee, wenn du zu Hause bist?", fragte Emma verwundert.

„Stimmt. Normalerweise schon. Aber heute war alles anders. Ich bin einfach nicht dazu gekommen. Stell dir vor, mein Vormittagskaffee ist kalt geworden, bevor ich ihn trinken konnte."

„Und kalten Kaffee magst du ja nicht, oder?"

„Nein. Auf gar keinen Fall."

„Dann bekommst du jetzt einen warmen", beschloss meine Tochter, als sich unsere Kabine wieder dem Boden näherte.

DANK AN

Constantin, Elisabeth und Thomas fürs wohlwollend-kritische Lesen und Fragenstellen, an Anja für die wertschätzende Begleitung von Anfang bis Ende

LiterarMechana für den inspirierenden Aufenthalt in Grundlsee und an das Bundesministerium für Kunst, Kultur, öffentlichen Dienst und Sport für die Zuerkennung des Projektstipendiums

ZUM AUTOR

FOTO: MINITTA KANDLBAUER

Gábor Fónyad, 1983 in Wien geboren, studierte Germanistik und Finno-Ugristik und unterrichtet an einem Gymnasium in Niederösterreich sowie an der Universität Wien. 2015 erschien sein erster Roman „Zuerst der Tee“, mit dem er 2017 beim Internationalen Buchfestival in Budapest als Österreichischer First Novellist vertreten war. Es folgte 2021 bei Elster & Salis Wien der Roman „Als Jesus in die Puszta kam“.